倡导诗意健康人生　为诗的纯粹而努力

中国诗歌
CHINESE POETRY

2019年度诗歌精选

主编○阎志

人民文学出版社
PEOPLE'S LITERATURE PUBLISHING HOUSE

图书在版编目（CIP）数据

2019年度诗歌精选/车延高等著.-北京：人民文学出版社，2020
（中国诗歌/阎志主编）
ISBN 978-7-02-016076-1

Ⅰ.①2… Ⅱ.①车… Ⅲ.①诗集-中国-当代 Ⅳ.① I 227

中国版本图书馆 CIP 数据核字（2020）第 015809 号

主　　编：阎　志
责任编辑：王清平
责任校对：王清平
装帧设计：叶芹云

出版　人民文学出版社有限公司　http：//www.rw-cn.com
地址　北京市朝内大街 166 号　邮编 100705
印刷　湖北新华印务有限公司
经销　全国新华书店
开本　880 毫米×1230 毫米　1/32
印张　10
字数　180 千字
版次　2020 年 1 月北京第 1 版　2020 年 1 月第 1 次印刷
ISBN　978-7-02-016076-1
定价　39.00 元

《中国诗歌》编辑部
武汉市江岸区惠济路 3 号卓尔书店　邮编：430000
发稿编辑：刘蔚　熊曼　朱妍　李亚飞
电话：027-61882316
投稿信箱：zallsg@163.com

如有印装质量问题，请与本社图书销售中心调换。电话：010-65233595

《中国诗歌》编辑委员会

编　委
(以姓名笔画为序)

车延高　　北　岛　　叶延滨　　田　原
吉狄马加　李少君　　杨　克　　吴思敬
邹建军　　张清华　　荣　荣　　娜　夜
阎　志　　梁　平　　舒　婷　　谢　冕
谢克强　　雷平阳　　霍俊明

主　　　编：阎　志
常务副主编：谢克强
副　主　编：邹建军

目　录

苍园诗 …………………………………… 一度　1
生命在石头中 …………………………… 十品　2
幽幽辞 …………………………………… 卜卡　4
有谁敢说高过了尘埃 …………………… 于荣健　6
忧伤 ……………………………………… 大解　8
遗忘 ……………………………………… 小海　9
黑白摄影 ………………………………… 小布头　10
我把爱情用完了 ………………………… 川美　11
在白居易墓前 …………………………… 飞廉　12
挖煤的人 ………………………………… 车延高　13
永生 ……………………………………… 马莉　14
秋天 ……………………………………… 马永波　15
照耀 ……………………………………… 马启代　16
点灯记 …………………………………… 马泽平　17
我们聊聊 ………………………………… 王妃　18
看黄河 …………………………………… 王园　20
此去经年 ………………………………… 王琦　22
指纹 ……………………………………… 王二冬　23
鹰爪考 …………………………………… 王久辛　25

偶尔还会想起	王夫刚	27
暮色	王天武	28
乱石	王兴程	29
长河雪亮，无问西东	王西平	31
养蜂人	王彦明	32
在冬日的光中	王家新	34
菜市场	韦忍	35
白雪融化在春天里	木木	36
圆	毛子	38
缝隙	玉珍	39
化装舞会	左小词	40
背景板	龙少	41
锈	龙郁	42
阴影	北野	44
我靠着一棵树	宝兰	45
时光	卢文丽	46
把难过都停下来	叶琛	48
竹林	叶可食	49
爱情是里尔克的豹	叶延滨	51
凋谢的白玉兰	叶菊如	53
黑暗	田禾	54
我爱这样的清晨	田字格	55
大雾弥漫	白小云	56
灯燃亮之后	白庆国	58
所有的山，都是我怀抱的绿色	冬箫	59
暗紫	包临轩	60
少女一般的光线照耀着我	礼孩	61
直到	芒草	62

内心火焰	亚楠	63
秋天并不需要颂辞	西库	64
过河	成向阳	66
对万有引力定律的解释	吕达	67
假牙	吕付平	69
影子本质探	吕贵品	71
废墟	乔良	73
春日迟迟	仲诗文	74
熟悉的小麦子和陌生的诗歌	华子	75
赋格	华清	76
寂静	朵渔	77
五祖寺的樱花	庄凌	79
水果批发市场	刘涛	80
悬空者们	刘康	81
向天堂的蝴蝶	刘立云	82
母亲的灯	刘向东	84
两匹马的壮烈	刘金忠	86
箴言	刘洁岷	87
对峙	刘笑伟	88
山顶上的春天总是比别处短一些	刘棉朵	89
词语	衣米一	90
悲伤	关晶晶	91
石头	灯灯	92
西湖残雪	汗漫	93
眼睛看我	江非	94
星空	江浩	95
词与物	江雪	96
迷途	池凌云	97

不识字的春风送来了万卷家书	汤养宗	99
流浪的尘土	许无咎	100
五月二十日的讽刺诗	孙文波	101
每次看见落日	孙立本	103
修竹赋	孙启放	104
孙苜蓿	孙苜蓿	105
茶壶里的下午	孙松铭	106
钥匙	孙慧峰	107
妹妹	阳飏	108
三月初	羽微微	109
信仰孤独	远人	110
猫和花记得	扶桑	111
一首诗	圻子	112
更多的葵花低下头来	花语	113
那年的雪	苍城子	114
一个人应该怎样生活	严彬	116
辽阔的爱	芦苇岸	117
火车	苏浅	118
稻子	杜立明	119
燃烧的少女	杜绿绿	120
爱	巫昂	122
天涯的风醉人	李南	123
沉默者	李小洛	124
群峰之上	李元胜	125
回母亲的怀里痛哭一次	李不嫁	126
天涯	李少君	127
自悟	李发模	128
夜晚穿过城市	李昀璐	129

愿望	李柳杨	131
屋檐下	李寂荡	132
我在一颗石榴里看见我的祖国	杨克	134
和解与告别	杨钊	136
干草堆	杨河山	137
在开往哈达铺的火车上	杨森君	139
葛	吴乙一	140
适得其所	吴小虫	141
此刻水泥阻挡了我们和泥土的距离	吴任几	142
情人	吴素贞	143
枇杷	呆呆	144
影	邱华栋	145
怀良辰以孤往	何冰凌	146
一个人喝茶	何晓坤	148
菜摊旁	余退	149
山中记	余真	150
抵消	余幼幼	151
我还活着,我还等待	余秀华	153
接梦话	余笑忠	154
切开一枚苹果	谷禾	155
独处	应诗虔	156
旧日窗前	冷盈袖	157
羊图腾	羌人六	158
夜	沈苇	159
子夜歌	宋峻梁	160
滑行术	张朗	161
星空下	张琳	162
一生中的一个夜晚	张二棍	163

雨的世界	张小美	164
寓言	张凡修	165
慢动作	张执浩	166
生活的深度	张庆岭	168
黑灌木曾经为我们	张好好	169
残眼记	张远伦	170
鸽子	张作梗	171
割草机	张牧宇	172
雨的间隙	张建新	173
一首诗	张曙光	174
踏空	陆岸	175
选择在这个就要缤纷的季节沉默	阿未	176
严师	阿成	177
风吹着，落叶飞着	阿华	178
两个人的车站	阿信	180
猛虎村记	陈亮	181
像只蜂鸟一样生活	陈小素	182
时光流淌，春天的快与慢	陈子弘	183
路边棋摊	陈巨飞	184
闷棍记	陈先发	185
途中	邵骞	187
对手	邵纯生	189
我一直在赵国	青小衣	190
旧梳子	青蓝格格	191
还有什么	茉棉	193
心灵的恐慌	林莽	194
距离	林东林	195
我的自在，都从远方归来	雨倾城	196

水仙花	尚仲敏	197
纸飞机	罗燕廷	198
饮茶记	金铃子	199
墙圈里15号	周西西	200
河水的命运	周园园	201
抱着吉他过冬	庞培	202
仲夏夜之悲	夜鱼	203
与神灵书	育邦	204
边界酒店	郑愁予	205
空白	封延通	206
雪中词	赵琳	207
时间	荣荣	208
岁月	胡弦	209
到万物里去	胡澄	211
阅读者	胡理勇	212
缓慢	南子	213
一粒沙子	南书堂	214
柏林来信	柏桦	215
落日赋	树弦	216
夜蝶	哈雷	217
孤独的湖水	剑男	218
饱蘸雨意的蔚蓝	施茂盛	219
想和你在爱琴海看落日	施施然	220
摇晃	姜华	221
美学课	姜念光	222
林木	津渡	224
布谷鸟在秋天叫什么	柏铭久	225
池塘札记	举人家的书童	226

占卜者	宫白云	227
孤独的你	祝雨	228
蝴蝶	姚辉	229
乱花飞絮迷人眼	娜仁琪琪格	230
我珍藏疼	袁东瑛	232
戏词	耿翔	233
当一个人老了	耿占春	234
蝴蝶结	聂权	236
海湾	聂沛	237
柿子树	夏午	238
黑暗中	晓雪	239
岳阳楼记	哨兵	240
六个影子	徐庶	241
晨有露：致珍珠	徐俊国	242
大衍术	凌晓晨	243
自然之况味	高梁	244
低头者	高若虹	245
渔火	高鹏程	246
有一次我们没带伞	郭晓琦	247
锯木场	郭辉	248
喊醒一座古堡	郭新民	249
假日疼痛时刻	唐月	250
在大山行走	唐德亮	251
恳请你，留下我	海男	252
城市的风景诗	桑克	253
理想的爱	梅依然	254
天府广场遇雨	龚学敏	255
一念腊梅	崔岩	256

旷野	康雪	257
思辨	商震	258
距离	阎志	259
欲望	梁平	261
大与小	梁文昆	262
面壁的老虎	梁尔源	263
你是新的	梁红满	265
林中读书的少女	梁晓明	266
致大河	琳子	267
在林中散步真是奇妙	琼瑛卓玛	268
解禁	蒋志武	270
工作室	韩东	272
感叹诗学	韩文戈	273
好的	晴朗李寒	274
夜读	舒婷	275
夏日荷	曾纪虎	276
湿纸	温远辉	278
鹰笛	谢克强	279
我一眼就认出那些葡萄	谢宜兴	281
你是我歌唱时的调音师	蓝蓝	282
扇面	甄长城	283
多余	雷平阳	284
徒步行军侧记	雷晓宇	285
中年的气息	路男	286
正反两面法则	简明	287
身体论	臧海英	289
落叶	瘦西鸿	290
湖边的一个下午	熊曼	291

夜航……………………………………………	熊焱	292
灯塔，灯塔………………………………………	横行胭脂	293
春天………………………………………………	樊子	294
清明夜雨…………………………………………	樊南	295
天鹅湖……………………………………………	潘红莉	296
等风来……………………………………………	燕七	297
去人间……………………………………………	燕南飞	298
河要拐弯…………………………………………	樵夫	299
红花结莲蓬，白花结藕…………………………	霍俊明	300
垂直于我的想象…………………………………	憩园	302
临摹………………………………………………	戴潍娜	303
星空下……………………………………………	霜白	304

苍园诗

一度

雪后第二天,我终于完成了脱牙
像完成古老的仪式
餐桌上,一条有戒心的鱼
从胃中脱落

犹如这些年,我刚从母亲身体剥离
从困兽的笼子里,从斑鸠尚武的利爪里
从荷花不为人知的羞耻里

我知道,剥离意味着我与世界的
第二次决裂。第一次是
母牛跪着的分娩

小路尽头的苍园,我多想和吹箫的少年
彼此交换。看着落叶覆盖
父亲积郁的坟头,而母亲种下了柿子树
枯萎瞬间爬上她的脸

选自《星星·诗歌原创》2019年第2期

生命在石头中

十品

不论如何地精制
在我眼里　永远有写不完的
石头　那些属于粗粝和坚硬
缺少情感的东西　一时间
会从梦里　轰轰烈烈地涌出来

仿佛是一座山　巨大而沉重地
停留在我的手掌心　听不见尖叫
也听不见风声　只是胸中
总有一群奔腾的马　一群热血沸腾的
生命　在呼风唤雨

可是石头的过程会忽略这些吗
忽略了蓝天白云的风景却不可以
忽略脉搏的每一次心跳
被辽阔胸怀包容的一天
阳光仍会让它透明

我写着一群无生命的东西
我将生命在石头中摩擦碰撞
满天的星光映红了我的脸
终于听见了　听见细微的呼吸

从石头嘴唇和牙齿间悄悄地飞出来

选自《江南诗》2019年第1期

幽幽辞

卜卡

两个人究竟好到什么分上,
就不再言语,
不再要交流,
任凭一种河水静静地流?

即使为了说话而说,
也有河水,悄然分岔。
像牧放多年的两只羊,
静静低头,各吃各的草。

吃出两行。
两行草汁上升,
时而交汇,
时而分开……

两只羊中的一只
偶尔抬头看看另一只。
另一只,不是同时而是错开,
同样幽幽地看了看对方。

继续在两处埋头,
亲吻着草尖,

轻嚼着草尖,
像打发美好的辰光。

两个人：足够美好,
就没有彼此。
活着无须多余的响动,
就呼吸到彼此的氧气。

　　　　　　选自《诗歌月刊》2019年第6期

有谁敢说高过了尘埃

于荣健

有谁敢说高过了尘埃?
石匠不留姓名,就怕亵渎了神明。
如果他说服不了自己,
谈何说服石头?

一块不被说服的石头,
尚可开口、动身,却不易动心。
石匠知道,变成它的影子,
匍匐于地,也许心诚则灵。

眼前,几乎所有,目之所及,
万物涌来,肆意妄为。
暂时的,长远的,高大的,渺小的,
为了挣脱一粒蒙蔽的尘埃。

比如,这块石头,穿过了虚无,
精雕细刻,以表神明在此。
它慢慢转动头颅,似笑非笑,
就可抖掉灰色之灰?

有谁敢说高过了尘埃?
它的卑微开凿深不见底的矿藏,

不留痕迹,只待下次轮回:
最好的石匠,每每隐姓埋名。

选自《青岛文学》2019年第5期

忧 伤

大解

深秋的空气里有烧毛豆的味道，
看不到烟火，但是闻到了清香。
收割后的田野恢复了荒凉，穿红衣服的
小女孩是个点缀，她在一里外弯腰，
不知干什么。

天空正在转移，有离开的迹象。
远山是个废物，除了视线，
什么也挡不住。

我把衣领竖起来，凉，
而且空。
世上那么多人，都去了哪里？

只剩下风在行走，只剩下
一个小女孩，在旷野上蠕动？
更大的空虚还在后面，那致命的力量，
无处不在，却找不到根源。
这才是我担心的，无奈的，
无法排遣的忧伤

选自《诗刊》2019年1月上半月刊

遗 忘

小海

犹如失去的禁闭之夜

一辆机车
从后面打开罩盖
开放的近岸芦花
并不引人注目

夜鹭撕开湖面
星星躲在水底尖叫
夏日水果们
纷纷滚下环岛公路
返回桃花源仙境

西山的庙宇
带着海市蜃楼的冷艳
从太湖中升起一个
执拗、骄傲而清晰的古代

选自《作家》2019 年第 10 期

黑白摄影

小布头

远处,雪山身披白云袈裟
它的宽袖,刚好遮住倒伏的群峰

长焦镜头里,一束得到赞美的光
打在大昭寺小小的尖顶上

多么神奇。登梯的人,从头到脚
像一个吸饱了日晕的发光体

黑暗繁殖,酥油灯长明
有人没来,空椅子在等

选自《星星·诗歌原创》2019 年第 1 期

我把爱情用完了

川美

我把爱情用完了
正如我把银子用完了
偏偏,银子还剩些
正如日子还剩些
而一枚银币怎换得一枚银月亮?

我把爱情用完了
像小时候,我把糖吃完了
眼巴巴地看着别人舌尖儿上的甜

我把爱情用完了
两手空空,看别人爱
有时低头,像悔过之人
检讨从前大手大脚
检讨——曾经富有而不懂得俭省

我把爱情用完了
无事可做,待在屋里画玫瑰
我怕出门遇见,怕你提起从前的旧情

选自《星星·诗歌原创》2019年第8期

在白居易墓前

飞廉

当衣冠清流,被投进黄河,永为浊流,
山上的石头,就纷纷化作猛虎。
世间过于凶险,
总要有人幸存下来,代我们生活,
代我们写诗。
他的前半生,流离颠簸
晚年,香山之上,望着龙门的流水,
望着西山落日下的万千石窟,
他感佩那些无名匠人:数百年的艰辛劳作,
猛虎,在他们的凿刀下,一一成佛。

选自《草堂》2019 年第 4 期

挖煤的人

车延高

那堆坟,是一条命
盖在土地上的印戳,很平常
只是一个记号
但埋在底下的人特殊
他总在太阳升起的时候走进夜
熟悉的天空没有月亮
星星晃动,是活在头顶的矿灯
他是和黑夜打交道时间最长的人
从最黑处挖掘可以点燃的亮
沉重地喘,背着沉重
他知道煤不是金子
却相信劳动的手把它运出去就会发光
煤黑,脸上的灰黑,眼珠子黑
就一排牙白
这个世界认识他的人不多
有人甚至瞧不起他
最豪华的酒店里,按开关的手知道
一盏灯
可能是那条命留下的一团磷火
扑闪,扑闪

选自《诗刊》2019年4月上半月刊

永 生

马莉

我喜欢的诗人不多
帕斯捷尔纳克是其中之一
他正在演讲《象征主义与永生》
他父亲的好朋友托尔斯泰死了
死在阿斯塔波沃车站,很有趣
他的小说为他找到了这个情节
类似安娜·卡列尼娜卧轨的小车站
伟人死在一个小车站,死在故事情节里
是很诗意的事情,人类搬不动他的墓碑
我曾吞着弥漫硝烟走进他的战争与和平
当死讯传来,诗人帕斯捷尔纳克和父亲
与日月同行,赶到阿斯塔波沃车站
亲眼目睹了伟人之死:一个漫游者
枕着鸿篇巨制,安息在路边

选自《星星·诗歌原创》2019 年第 1 期

秋　天

马永波

就在这时，灯灭了
我们重新回到黑暗里
水杯还在手里，白色，温暖
我们坐在黑暗中
不再谈论艺术
门哐的一声打开
像一种警告
好像有什么就要出现在门外
大风涌进房间
顷刻卷走了我们的呼吸
只听见风声、门窗声
和一阵急雨
破空而来之声
仿佛黑暗深处奔过一万匹烈马
仿佛骑士的剑盔铮铮作响
然后又沉寂在远处
把我们留在黑暗里
最后只有风吹过我们的房间
撒下潮湿的叶子
只有门开着
秋天，我们不说什么了

选自《山花》2019 年第 3 期

照 耀

马启代

现在,多么安静。活到一定高度
你会明白,身体之外的事,都是闲事

外面的变化太大。我走过的路
已经变宽,变平,长过我关心的边界
很多城市在繁殖,长高,速度超过了人和植物
所以它们在变丑,变老,不断变成瓦砾

那些照耀过万物的云朵,长出了皱纹
雷声沧桑,闪电颤颤巍巍,风声布满了老年斑
只有草木最懂生死,长过,开过,绿过,也香过
然后从容死去,活过来一切便可重新开始

我与它们同宗同族,体温和心跳基本一致
我爱它们,向它们学习生死,学习如何默默无闻
它们也爱我,教我怎样在风中站稳,特别是
面对野火,怎样保存好冰雪一样的灵魂

选自《江南诗》2019 年第 4 期

点灯记

马泽平

有时候,我会仔细观察那些在黑夜里发光的事物
星辰辽阔而又幽远
但灯盏寂静,点亮的也总是斗室
造物的神奇之处恰恰在于此处:
深浅不一,四时有序
仿佛一台巨大又精密的电子仪器
光之于黑夜,
并不遵奉谁的旨意
而是需要。尽管并不是所有人
需要这种指引
褪去衣衫,解放受过整个白昼束缚的身体
我始终相信,我们——
需要黑暗,需要光之外的未知
也只有这样,恐惧着的人类
才会以点灯的方式
向冥冥神灵
忏悔己过,并献上颤颤巍巍的敬意

选自诗集《欢歌》(南方出版社,2019年9月版)

我们聊聊

王妃

聊完孩子,开始聊老公
就着几盘小菜,一瓶红酒
指责、抱怨、咒骂,都带着浓浓的酒味
男人们的粗枝大叶和深夜买醉
被归之于糊涂人生。有多少应该容忍,
又有多少不可原谅?

恨到深处,眼圈泛红
男人是干涩的下酒菜,适合锻造坚固的牙齿
"那么,你有没有尝试去爱上别人?"
我不喝酒,也不吃菜
茶水被冲得越来越淡时,我忍不住注入了
一匙摩卡。

她们舌头收束,惊惧地看着我,
透过我面前浑浊的茶水
像看一个怪物——
哦,我就要被钉在十字架上了!

摩卡也罢,茶水也罢,
与红酒的混合是多么不合时宜
她们转而捧腹大笑

就着残杯的冷炙
聊完老公，又开始聊孩子
所有的指责、抱怨、咒骂
听起来更像是炫耀和赞美。

    选自《凤凰》2019年上半年刊

看黄河

王园

将醒未醒,我
站在你的脊背上,轻弹
一百六十万年的古老,轻抚你
几字湾的一排软肋

冰雪连天,连着云,
连着无边的旷野、田垄。我忘记了我
忘记了,我依然活着

专心于一件石器。打斗,流血,争夺一片领地
其实也只是茹毛饮血的命
摆脱不掉一枯一荣,一轮回

以天地之力,纳千湖百川之势
一泻千里。生命仿佛
是你路过的一声叹息

做一块石头吧。守着你的澎湃,你的温柔
一条河悬在天上,把羊皮筏子的呼号举过头顶
足迹留在台阶上,待人认领

烟缕追着长河落日,不见了踪影

你如摇篮。安抚众生入眠

　　　　　选自《草原》2019年第9期

此去经年

王琦

坐在一杯茶里,看着自己走向另一个自己
这完全是两个陌生人
穿着同样的衣服,有着相同的经历
甚至家庭住址与电子邮箱都完全一样

唯一的不同,一个自己正在一杯茶里融化
另一个自己已翻过了高山
我看见霞光披在自己的身上
雪山的反射映红了我高大的身躯

但你不能说这是在逃避,我没有这样做
至少我的躯壳还在,这个傍晚还在
我只是让幻想离开了自己
离开了2017,远远地,跑到了自由的天际

茶已经淡了,天已经亮了
我保持了这样的姿势
似乎会飞的不只有鸟儿
我的身子很轻,就像白云之上的白云

选自《中国作家》2019年第6期

指　纹

王二冬

九根手指都试过后，他蹲在地上
抽泣起来：会计说他没有指纹
无法取走这一年的运费
他盯着自己磨钝的手指
像一块砖，被死死地按在那里

砖上有他的指纹，可砖已成高楼
新迁的户口簿上，没有他的名字
麦粒上有他的指纹，可麦粒已成面粉
放学的孩子没有一个跟他相识
妻子的眼角有他的指纹，可岁月
早已将其掩盖，墓碑上只有风的痕迹

想到这里，他奔向烧砖的火炉
里面有他的一根手指，每一把泥土中
都有他的指纹，可除了火焰
没有一个人见过他疼痛欲炸的脸
火焰吐出的莲花属于城市，属于他的
只有灰烬，灰烬没有指纹
风一吹，这里不曾有谁来过

他把车停在东河西营村口

拉着哑巴娘走进夜的深处，哑巴娘
手上有他的指纹，可她说不出口

选自《诗潮》2019年第7期

鹰爪考

王久辛

这尖钩比钢的利爪如何生成
没有烈焰
也没有火海
只有天空如棉的白云
和暴雨夹杂着的闪电
在惊雷中翱翔翩迁

必定是闪电和惊雷哺育的
一粒光炸裂成倒悬的霹雳
把天空撕成碎片
劲爆空前
附入鹰的翼之双翅
而使尖爪锋利如电

不是所有的英雄都来自烈焰
你看看鹰吧，没有火
它向天求学向暴雨请教
以四季的变换为羽衣
从闪电的一瞬之间
就赢得了终生的本领和矫健

我闭上双眼

再次想象鹰的利爪
思忖：没有这个能耐
如何直刺鼠鳖的横行霸道
又如何扑向大海
叼猎肥美的海鲜

是生存还是死亡
这不是一个问题
而是把偶像变成自己的过程
我要做利爪，我要当雄鹰
那么你就去成为惊雷
成为闪电

选自《浙江诗人》2019年第5期

偶尔还会想起

王夫刚

终于到了满足往日心愿的时候了
——写一首诗,献给爱情
但爱情已经生出隔夜的
味道——成熟的另一个说法
叫作朽烂——坏脾气
属于个人财产适合自我珍藏
可爱的青春才是向青春致意的理由
失落,淡定,都不值得
一再提及——偶尔还会想起
从前的风刮过夏季
旅途,以及旅途中的风景——
马赛人从不计算牛羊的
数量,远山呈现出
健康的形状……啊,爱是一种伟大的
存在,慢慢降临的黄昏
却有足够的耐心适应遗忘

选自《广西文学》2019年第1期

暮 色

王天武

我看到我出生时的医院
没看到我死去时的医院
就像我出生在明处,死的时候是暗处
因此,我一直想照亮我的暗处
我读《易经》,寻找在阴影里坐着的人——

我记得你走时,穿着一件黑雨衣
我听到的消息也都是黑色的
必须在明亮的地方听
我有时把写的诗拿来读
把地上的影子又踩一遍,再踩一遍

选自《长江文艺》2019年第2期

乱 石

王兴程

声音已经消失,进入了石头的内部
消失于难以追逐到的时间
它们都有着英雄的梦想
制造出乱世,想在其中找到自己

山河破碎。现在可以看到
暴动后留下的遗物
错乱的乾坤和秩序
所有的头颅都在仰天长叹
像难民一样
同时拥有了思想和灾难

它怀疑过隐忍和伟大的意义
它曾咽下了自己迸出的火星
想让自己和时间一样恒久
但肉身与功名,情欲和仇恨
都是一样的刻骨,难以描述

可是隐藏的裂纹,流向了身体的内部
好像有水的痕迹
一根神经暴露出了疼痛的底线
它有着这个世界上最硬的一部分

这时候你该知道了，所有坚硬的事物
都有着无法愈合的内伤

其实水还在后面，怂恿着石头
像推动着前进的历史一样
而时间一直在加速，它追赶万物
又将它们远远抛在身后

你也许能够想到
更完整的表达一直在生长之中

选自《诗林》2019 年第 1 期

长河雪亮,无问西东

王西平

有没有勇气,将扭转的命运
推向雪山,有没有可能将那束盛放的花
收入汝瓷

我啊就赞你这样的细腰,以白色姿态
诱劝一根野黍
无花也无果,无天也无地
我们集体绕过花坛,偶遇丧失理解的鹰

一滴水填充一个空间,一棵草撑起一片荒滩
狠狠绿吧,开合的春天,风刮过玻璃
刺啦刺啦,含糊不清
扫街的工人撕裂那大雾之眼

世界顿时卷入了
与死亡闭合的环形,处处挂满了悬崖
如同隔壁落满了秃顶的女人
奔走在四季之巅上
长河啊雪亮,无问西东

选自《诗歌月刊》2019年第8期

养蜂人

王彦明

拼凑一个王国,所有的版图都是
立体的,而羽翼则轻巧异常。
习惯带着刀子的小宠物,尖锐而
孤独。它收敛的甜,都将拱手
送出去。隐秘的号角,仿佛风中
之歌,消逝在一些角落里。又会

唤起一些惯性的身体特征,仿佛
荨麻疹在风里会成为山丘。包括
日出和花朵,都会催促飞行。而
飞行没有飞翔的力量,只是向前
是堕落的轨迹,抑或可疑的钳制?

现在,我裸着身子,独居一室,
写下晦暗不明的文字,针尖对准
自己。如果还能收敛些什么,那
将是一种幸运。仿佛养蜂人借机
占有了嗡鸣的蜂箱。在这个时代

我没有学会投机,也不会再次飞
翔。只是学会了画一张好看的皮
披在身上,抵御这深秋的温度和

留在后脑深处敲打饭盆的声响。
只有旷野,属于我。仿佛失去限制,允许一些骄傲的人缓步走过。

选自诗集《我并不热爱雪》
(北岳文艺出版社,2019年5月版)

在冬日的光中

王家新

在冬日的光中
在冬日凛冽的光中
我看到更多的喜鹊和麻雀
我看到少年时一张张冻红的脸
和路边铁栅栏湿润的黑
我看到我们家死去多年的兔子仍在阳台上
支棱着耳朵
我看到天空的辽远、无辜
我看到花园里负重的凋零
我看到死亡的凯旋,被薄雾掩埋的垄沟
(从我母亲的屋顶上又升起了炊烟)
我看到结冰的书报亭,看到黄昏里
那最后一抹惨淡的哀怜
现在,我进入到一首更伟大的挽歌中
我唯有从它的内部翻译出
一阵雪的挤压声……

选自《星星·诗歌原创》2019年第3期

菜市场

韦忍

每次去菜市场,我都不愿意看到那些
被关在笼子里的鸡

那些从乡下被卖进城里的鸡
一进入菜市场,就被关进笼子

不分性别,不论老幼,挤在一起
虽不舒服,但彼此相安无事

同伴少了一只,它们不惊慌
又少了一只,它们不恐惧

这些笨拙的鸡,这些神情麻木的鸡
它们对死到临头,似乎已经毫无知觉

依旧安静地啄食,安静地喝水
有时还会隔三差五,洋洋得意地打一次鸣

选自《诗刊》2019年5月下半月刊

白雪融化在春天里

木木

残雪在圆明园结晶
冰封了上百年,四季静白
欲覆盖血色的生命和枯竭的灵魂
抚摸一块齿痕累累的
断壁,还会割伤热烈的掌心
亡国的震痛,在历史的
回音壁,久存不绝

黑色幕布与光的数字,让
兽首、琉璃、镜河、园廊多米诺般复活
宫廷的神秘与华美
占有了你的想象,也如污浊的海水
漫过了还未凝结的伤痕

躺卧在北方的北
残缺,俯合着最低的位置
它悠久的存在
每个季节经过它的身旁,都会
更加的寒冷,直到
外面宽广的马路和热闹的车笛声
穿过园子,停留在标记时代的
回音壁,才发现

白色没有冰封
春天已经到来

选自《作品》2019 年第 5 期

圆

毛子

圆从苍穹、果实
和乳房上
找到了自己

它也从炮弹坑、伤口
穷人的空碗中
找到了
残损的部分

涟漪在扩大,那是消失在努力
而泪珠说
——请给圆
找一个最软的住所

所有的弧度都已显现
所有的圆,都抱不住
它的阴影……

选自《长江文艺》2019 年第 2 期

缝　隙

玉珍

并没有一个适时的英雄或先知
恰好出现在最该出现的地方
他们得先哑掉
聋掉，走掉
消失或绝望掉
像一盆花干掉
水草枯掉
并没有适时的际遇称得上惊奇
必须先崩溃，痛苦
然后在缝隙里给我们水源
让我们浇花
正是那缝隙
被我们称之为
孤独

选自《人民文学》2019年第4期

化装舞会

左小词

那个下午,从汽车里钻出来
往山顶爬
身后跟了许多人
我们戴着自己的脸孔的钥匙
我们边饮酒边发出嘲讽的声响
我们希望拖住世界的口角
统一出走口径

四周越发平坦
这依旧不是我们选择的目的地
我们望着彼此,那些打探消息的手指松软
握着面包和像极了生活面目的罐装饮料
那些使自我和众人处于悬念中的假面
舞蹈起来。远处炊烟升腾

选自《诗选刊》2019 年第 3 期

背景板

龙少

当他独坐,沉默替代了周围
清白的月光。更像是一种半透明的飘浮物
落在咖啡色的茶几上。完整的一天就要结束
车声和细碎的风声,使这里显得异常寂静
仿佛所有的事物都已经落定
又仿佛世界,只存在于一场偌大的虚无里
他不知道此刻,思绪该从哪里起伏
所有微弱的明亮,都在成为黑夜的背景板
而很多次,他只是习惯低低地走过院门
等月光将几棵老树的影子
放入水塘

选自《人民文学》2019年第5期

锈

龙郁

那把刀
因被人长久冷落而生锈了
生锈，是钢铁的属性

木头就不会生锈
塑料也不会
唯有钢和铁才会生出
这些黄色的斑纹
不过，你可以轻而易举地从锈蚀中
重新找回锋刃

所以，不要忽视一把锈刀
兴许那正是一种隐忍
说不准它什么时候又会光着膀子
弄出些不大不小的动静……

远足归来，不胜惊讶
怎么？女友送我的黄桷兰
也生锈了
生锈的，还有我的衣领
莫非在我们体内
也含有金属成分

这么一想
我连忙收拾起语言的锋刃

　　　　　选自《当代诗人》2019 年 3 月号

阴 影

北野

你不可能活得过阴影
而阴影,从来就没有死亡过

我的腋窝里有阴影
我的脖子上有绳索,像一座
山峦灰暗的沟壑
我生疏的部分往往还不在这
内心的野兽,突然尖叫的时候
我觉得是时间的阴影
在向我索命。它跟着一把尖锐的
铁锹,在向我身体里挖
无数人挥着刀子
把我割开,像一场活的剧……

——而我多么想描述这场运动
但我又无法说出它

选自《诗歌月刊》2019 年第 1 期

我靠着一棵树

宝兰

天地都睁大眼睛
我为了一棵树,而冷落了成片的山

山上的野花太多,吸引众多不请自来的人
有些人,不为看花,只为遇见看花的人

对这棵树情有独钟,我背靠着它
发现那些小花长出脚,正一步步走近我
原来小花也爱重情的人

无意间明白,如果有足够的时间和诚意
你不用去看花,那些花会来看你

选自《诗刊》2019年9月上半月刊

时 光

卢文丽

最后的美景是虚弱的春天
我在孤雁的长途上倾听风水
一行深浅的印痕
仿佛冷清的夜晚转动的唱针

不能指望的幸福总是很短暂
树叶的形体,在脱离空气的瞬间破碎
抱恨而眠的花荫
打动多少守灵人残损的心

这是一个商业恣意嘲笑的年份
少女们在小报头版征婚
脸蛋像新铸的钱币一样光彩动人
艺术是挂在酒瓶外的
残留泡沫。谎言是屡试不爽的谶语

最后的美景,大师早已远去
谜语还在继续
那些沉默如砥的日子
在空树枝上躲闪,仿佛铜镜中
飞走的天鹅,多么轻盈、无辜
我看见春天的白袍子在山坡上一闪

就不见了,盲孩子的眼眶滚落下石头

　　　　选自《浙江诗人》2019年第2期

把难过都停下来

叶琛

想出走就在一朵花的内部出走
混迹其身，有了一种迎接
把不明所以的春天再顺一遍
把斑斓和淙淙流水再抄录一遍
把难过都停下来，把衬衫上的碎蓝说给
花尖上的晚露听

出于爱，我总是在一朵花的面前
反复错过　错过粉红和苍老，错过暮色中
微风轻轻的敏感

于是我就想着要敞开。把草地上的蝴蝶
都赶到花苞中间，让希望与饱满
靠得更近。于是我提着篮子
来回采摘那些本就属于自己的潮湿

在一朵花里，我的天空
大不过一片树叶；我的缄默狭长而窄
我的完整显得有一些浅
我的卑微
像离花不远的一扇窗户。那么孤寂

　　　　　　　　选自《文学港》2019 年第 6 期

竹　林

叶可食

将晚，醉卧的竹林
用筷子夹取雪粒，就着鸟鸣
服用五石散。肤色，趋向不可褪去之白
包裹着，被一节节分割的
不可填满之空

他们的自由在它们肚中吹弹可破
他们的手指，可以自我断取
用玄言的铁砧，磨制一支箫管
共鸣他人的鹤唳

当绿意落尽，发丝
有如渡江的一苇度过四时的变换
《世说新语》所吐露的，即刻铺满旧的颜色
在木制的石板上，捕获风声
在石刻的木榻上，抚弄无弦琴

飞鸿掠影，竹林将竹笋的不安藏匿于
竹叶的不羁。倘或有月光倾洒
便伏在潭水对岸，以管窥视
他们在碑铭中侧卧，咀嚼梦的花蕊

敲怀饮酒,制造压韵

选自《诗歌月刊》2019年第8期

爱情是里尔克的豹

叶延滨

爱情是动作迅疾的事件
像风,迎面扑来的风
像鹰,发现目标敛翅的鹰
像闪电,你刚发现了又隐没的闪电
从此,一切
都不再和以前一样了

爱情是里尔克的豹
在铁栅那边走啊走啊
而你隔着铁栅
望着那豹发着绿光的眼睛说
等待,还是死亡

爱情是大树
是橡树和青枫
所有枝条都交错的天空
是树下的小花
花儿正初绽露水中的花蕾
是花边的小草
草丛中有一处坟茔
是坟茔里两个人安静地躺着

两个人都在回忆
头一个约会的那个晚上
躺在草丛里
数着满天星……

　　　　　　选自《中国诗人》2019 年第 2 期

凋谢的白玉兰

叶菊如

玉兰树在风中落幕——
它们曾无声地绽放
每一朵,仿佛都能煮沸一湾春水

那时候,站在树下
我的柔软里
有春光汹涌的欢欣

桃花在对面坡地试探着开了
而我爱的白玉兰
一直都没有出现——

离去的,纷纷离去——
哦,我想说的是,盛开与萎谢
只是时间的常规馈赠

选自《安徽文学》2019 年第 11 期

黑　暗

田禾

天已黑尽，秋芦苇在水边战栗，
河堤上有灯火划过的痕迹。

河水哗啦啦流过这夜晚，
穿过黑暗中一座桥孔的缝隙。

黑暗中的风铃草将要结霜，
在半夜停止了长势。

我和吴蒙摸黑在河堤上走路，
河里的鱼不时搅起怪异的响动。

找不到什么为自己壮胆，
我们就走着整齐一致的步子。

选自《诗刊》2019年6月上半月刊

我爱这样的清晨

田字格

总是从顶部开始
操场上,那些草的枯萎
根部保留了惊雷和清明之雨
从绿到黄的交接
并不起眼,但每天都不同。

有意思的是
阳光来到低处
经过一颗露珠的折射
有了皇冠的形状。

草茎躬身大地之时
需要一场深秋的加冕。

选自《诗潮》2019 年第 6 期

大雾弥漫
——致敬纪尧姆·阿波利奈尔

白小云

走在他们走过的雾中
活过他们失踪于世的年龄
我该握住些什么,在雾中

前面的影子还没有向我转身
农夫和他牵着的牛慢慢走着
他们哼着歌:爱中的负心人
在擦亮手中的戒指
破碎的心继续破碎。他唱着
歌词中的人也在雾中

"你不是我的想象",他唱道
"你也不是",另一个人迅速回应
农夫握住了不朽的剧情

浓雾覆盖的旷野里有另外的歌
另外的农夫与牛、另外的不朽
它们在地平线上升起,大雾弥漫

我已经活过了他在世的年龄

还没看见他们向我转过身来

选自《上海文学》2019年第6期

灯燃亮之后

白庆国

那个影子在我眼前消失之后
墙壁上的一盏油灯就亮了
那么小的灯头
不知何时把半个墙壁熏得黢黑
灯影里两个崎岖的头颅交谈了一会儿
小灯光把他们的影子印在对面的墙壁上很大，很高
但在白天，我从来没有见过他们如此高大
他们谈论的事情，我已经听了上百遍了
总是重复
就像每一个到来的春天
多一片草叶或少一片草叶
我在隔壁充满黑色的房间发呆
对于极度熟识的房间不需要灯光
我这样已经度过了三十个春秋
父母的交谈还在继续
他们无视我的存在
如果遇到重要事情
他们像两尊雕塑一样
不说一句话
面对灯光下的一个暗处
发呆

选自《诗刊》2019 年 7 月上半月刊

所有的山，都是我怀抱的绿色

冬箫

所有的山，都是我怀抱的绿色
只是，有些树
长得很慢

它努力向着绿色生长
只感觉所有的山水，痴风
都有着过分的孤独，而它
是孤独中的孤独

这样的孤独，与我们旅人无关
甚至和所有的绿色无关
它只是一颗种子
偷偷把那个不小的欲望
凌驾在深刻的恩情之上

选自《中国作家》2019年第6期

暗　紫

包临轩

这堵老城墙的暗紫，被阳光炙烤
墙皮粉化。那破碎的部分
一道道，鞭痕似的隆起。像
浅浅的浮雕

这淤积下的血腥，棺材一样
横卧在大街边上，醒目
却无人悲伤。因为那样的腐朽和死亡
已是陈迹

不知为何，它竟一直以暗紫为傲
这颜色，比夜的墨黑更为古老而苍劲

却抵不过今晨，白玉兰
一树纯洁的怒放。留住了行人
纷纷的脚步

选自《作家》2019 年第 9 期

少女一般的光线照耀着我

礼孩

以海为背景,明亮的日子也要折回
唯有光的进程不需要抹去
内心未修改过的火焰,燃出音乐的尺度
灰海鸥绵延的声音被记忆

早晨从床上跃起,一种多瓣的蔚蓝
面包,咖啡,笔记本,生活的清单一一掉下来
打开的瞬间,动作疾徐都是内心的请求

你的微信在演变出水果的味道
坐下来,返回诗里,给你写一行字
少女一般的光线照耀着我

选自《十月》2019 年第 5 期

直 到

芒草

直到光芒闪耀,在无限处模糊
直到前世的叹息,在窗外发出响声
直到生与死的秘密,一起飞逝

风带来美丽的讯息,云霞从远处
放送透彻的光明
直到万物见性,直到你我明心

若春天再次澎湃,便觉得世间还是温柔
那么,活一个朝夕的生物
与活一个世纪的生物,谁更懂得珍惜

当一朵厌世的花,再吐露芬芳
直到红烛剪影,西窗对坐
你我看着彼此,身体里旧情人的补丁

选自《山花》2019 年第 7 期

内心火焰

亚楠

他屏住气,看起来
像一个无用的人——许多时候他
的确也没什么用

但事情的另一面恰好
相反。他默不作声,似乎沉默
是他唯一的力量

在雪原上,他疾走如风
如一声尖叫之后
的宁静。或许吧,这种方式
只适合他自己

而别的人都习惯于
喧嚣带来的快感,不懂得地火
在深处,在时间深处
囤积的秘密——

往往就被大雪掩埋了
他们浑然不觉,还以为这只是
有关雪的神话

选自《诗林》2019 年第 2 期

秋天并不需要颂辞

西厍

秋天是从哪一天开始沉默的
在农人那里,可以获得可靠的考证
诗人们却常常莫衷一是

他们自以为敏于听觉
任何细微的喧嚣都会在他们的某根神经上
找到对应的回响。比如小沏港对岸

一排杨树在台风边缘瑟瑟低诵
它们自创的无字诗经
诗人们因此了悟在秋天保持沉默的

必要性——秋天并不需要颂辞
与词不达意的颂辞相比
沉默与沉默的近似行为可能更合秋天的意——

毕竟和秋天在一起最考验良知
沉默,则是出于良知中的
良知——脸贴着秋风,眼里有秋水

热爱着落日和彤云
与苍鹭和白鹭保持敬畏所需的距离

细嗅不日就要归仓的粮食

和最后的葡萄的腐烂气息
诗人们在未及褪尽的暑热中汗流浃背
他们手指的弦月,像一把开刃的镰刀

选自《诗刊》2019 年 2 月下半月刊

过 河

成向阳

天气太好。这阳光
融化的蜜糖在三月的罐子里
沸腾了。鼻翼上绒毛让风向南吹

从不同的地方,渡同一条河
他突然想把所有长花纹的石头
都搬出来晒晒。再藏进河底

选自《诗歌月刊》2019 年第 1 期

对万有引力定律的解释

吕达

就像母亲看着自己的孩子选择了较坏的那个
我妒火中烧完全乱了方寸
看着他俩眉来眼去地傻笑
我扭过头十次还是回了头
如果魔鬼就在我边上
一定也很高兴我中了这个老圈套
她美丽吗?
美,但以虚伪为装饰
(而我有素面朝天的率真)
她聪明吗?
情商极高,但不适合做妻子
(而我绝不会爱上别人
如果我正在爱这个人)

一整晚她看着他
他倾听她
为何我要坐在他们二人中间
笑不出来却还要坚持到散场
噢!那只是为了从魔鬼手里夺回他
把他还给他妈妈

如果只是为了留下一首诗

我就能把这一切都忘记……
哪怕在我看不到的地方
他们仍然黏在一起丝毫没有要分离

　　　　　　　　　选自《草原》2019 年第 3 期

假 牙

吕付平

在此之前,它属于我。我们
共用一条神经,血肉相连,朝夕相见
直到一个人用钻头和药棉
杀死了它

那个穿白衣,系口罩,戴橡胶手套的人
她的口气里有淡淡的薄荷香味
她小心而霸道——
温软的语气里布满钻头一样的指令
我被她摆布。她杀死了它,掏空了它
在聚光灯下,她又重塑了它
它看起来和以前一模一样
甚至比以前更精神、更漂亮

只有我知道它是谁
一个寄居在我嘴里的陌生人
一个临时工,一个借尸未能还魂者
试图充当我的血亲

我们不懂彼此的辛劳和痴苦
敌意来自它的陌生
但我们终究要在一起,很长时间

或许是，一生，一世

选自《浙江诗人》2019年第4期

影子本质探

吕贵品

影子的声音让我断定：
那是鬼　在嚎叫
那是光　脱下了一件外衣
那是人　下雨前飘落的一朵乌云

我一生都很惊诧
影子四处游荡无处不在
而且昼夜兼程　足音响遍大地

何处何时才能看不见影子
只有瞎子只有世界没有一丝光明

影子总是跟着我走
让我发现窥伺阴谋罪孽和危险
从来没有离开我
我恨不得关闭躯体所有器官
然后躲进墓穴

闭上眼睛　瞳孔里的天空一片晴朗
我一睁眼　影子乌云密布
淅淅沥沥的哭声飘出一阵水影

我更惊诧：影子的本质是光
我一生所有的泪水
都是影子那一片乌云落下的雨
哭吊我与影子同归于尽

      选自《中国作家》2019 年第 4 期

废 墟

乔良

废墟之美,与空间相拥而立。
与时间相互摧毁,
一千年倒在了脚下。
而你的脚,还是如此之美。

每一块砖都残破了,残破如此之美。
每一片瓦都碎裂了,碎裂如此之美。
残破与碎裂成就你的废墟。
废墟如此之美,苔藓覆盖石阶。

覆盖不住足印,荒草掩埋小径。
掩埋不了行迹,被时光之轮碾过后。
除却瓦砾,
有故事的都是残垣断壁。

能在夕阳中兀立者,
定有凄美的过去。
在一座闪闪发亮的城市面前,
我宁为废墟。

选自《诗刊》2019年6月上半月刊

春日迟迟

仲诗文

应该把春风送给房间里那些冥思苦想的坏人
应该把阳光送给那些深居寡言的老瞎子
流水就应该洗洗那些朝三暮四的多情人

我只要这片开满花儿的山坡
李小花,我又长虱子了
李小花,老子想你了,这些花花草草都是你的

选自《诗歌月刊》2019 年第 3 期

熟悉的小麦子和陌生的诗歌

华子

从稿纸的一端脱鞋下田
遇见真实的麦子和一粒麦粒上
跌着跟头的诗人。他们甚至不能
在农人阡陌纵横的掌纹里,找到
回归城市的方向。那些赞美的唾沫
还要被专门从事农业的风
吹还到他们脸上

吃着农人大碗的米饭和馒头,我在想
我们的诗歌为什么是包装精美的糕点
借用一把镰刀、一架喷风米机
询问诗人:
谁的诗歌在麦苗拔节时下了雨
谁的诗歌给打麦场送去了面包和凉水
谁的诗歌粮食一样,给劳动
带来了力气和光明

将稿笺铺在无垠的田野
笔也像手中一把锄头
成为永远的问号
落在农人尚未开垦的荒地

选自《草堂》2019 年第 7 期

赋 格

华清

上帝的灯盏高居在昔时的山巅
羊群在他的下方,草料稀疏
但晚霞温柔,牧羊人的歌声
疲惫而婉转。这是黄昏时的景象
溪流一声声,回荡在平静的人间
神的对话就在小溪的对岸
他这样说着,走进了晚霞
他那永恒的帐篷——
叫作安详,或者明亮而疏淡的星群……

选自《花城》2019 年第 1 期

寂 静

朵渔

雨天,读黑塞的诗句
充满感恩和大地的生机
充满爱与死的盛宠
夏季的玫瑰已经凋谢
入秋的木槿依然盛开
现在,我什么也不想做
只想在这雨幕中死去一会儿
我的猫安睡在脚旁
它依赖着我,我依赖着这短暂的寂静
这世界忍耐我,让我像万物一样活着
必须重造这人间的生机和恩宠
让生的愿望大过死的诱惑
但愿你能听懂这寂静的知识
雨从未停止,在你的意识里
如同向你袭来的童年的雪团
我所拥有的,我都想给你
我不想拥有这世间的任何财产
只想有片刻的安神
寂静中,邻居的灯光突然亮了
一下,又恢复了原来的昏暗
寂静,寂静,通过寂静

爱上世界。

选自《扬子江诗刊》2019年第3期

五祖寺的樱花

庄凌

五祖寺的樱花开了
开开落落像下了一场雪
寂静被寂静覆盖
人世间的很多痛苦仿佛也没了声音

寺院的老和尚说
多年前有位日本作家
带来了几株樱花树苗
它们不问庙堂,只臣服水土
在哪里盛开,哪里就是福祉

选自《中国作家》2019年第5期

水果批发市场

刘涛

每一个路过水果市场的人
都会蘸着苹果的汁液　说话
批发　分拣　抄底　捡漏
那个穿着蓝纹汗衫的人
脚上沾满了五一林场的泥
把一天的烦躁在水果批发市场上晒晒
用以充抵果园里散失的水分
每一个布满虫眼的苹果后面
充满人的机关
而且为了寻找一些适合投机的果农
蔬菜商也加入进来

随着冬季的来临
果园终归要萧条下来
林间留下破旧的毡筒、易拉罐、纸片……
和一场又一场
无边无际的
风暴

选自《草原》2019 年第 2 期

悬空者们

刘康

阿冷向我描述他的生活状态
用到了"悬空"二字,这与我
前段时间的一首诗不谋而合
当我试图与他再次确认,电话那端
是他长时间沉默后喑哑的语调:
"悬空者们"构筑了精神壁垒
他们已经找到了归途

这不得不让我感到担忧
长久以来离群索居的生活
让他误以为自己已经脱离了引力
任何带有质量的光芒,都会让他
提前竖起壁垒。然而
星辰和大海的力量并非人力所能掌控
一片落叶的凋零,除了与四季有关
某个瞬间的风力也不可忽视
我想我的形容并不一定准确,
但也有可能,我们都错了

选自《长江文艺》2019年第6期

向天堂的蝴蝶
——题同名舞蹈

刘立云

今夜我注定难眠！今夜有
十七只蝴蝶，从我窗前飞过
就像十七朵云彩飞向高空
十七片雪花飘临大地；十七只蝴蝶
掀动十七双白色翅膀，就像
十七孔的排箫，吹奏月光

十七只蝴蝶来自同一只蝴蝶
美得惊心动魄，美得只剩下美
十七只蝴蝶翩翩飞舞，携带着
谁的哀愁？谁的恩怨？谁的道别
和祈祷？十七只蝴蝶翩翩飞舞
就像十七张名片，递向天堂

音乐的茧被一阵风抽动，再
抽动，丝丝复缕缕，让人感到些许疼痛
谁的心就这样被十七只蝴蝶
侵蚀？并被它们掏空？牵引出
一千年的笙歌，一千年的桃花
与一千年的尘土血肉相连！

十七只蝴蝶出自同一腔血液
同一簇石中的火焰,那噼噼啪啪
燃烧着的声音,是谁在大笑?
死亡中开出的花朵,是最凄美的
花朵啊,它让一切表白失去重量
更让我汗颜,再不敢旧事重提

啊,今夜我注定难眠!注定
要承受十七只蝴蝶的打击和摧残
可惜太晚了,已经来不及了
今夜十七只蝴蝶从我窗前飞过
我敲着我的骨头说:带我归去吧
明天,我要赎回一生的爱情

选自《诗探索·作品卷》2019年第2辑

母亲的灯

刘向东

那灯
是在怎样深远的风中
微微的光芒,豆儿一样

除了我谁能望见那灯
我见它端坐于母亲的手掌
一盘大炕,几张小脸儿
任目光和灯光反复端详

啊,富裕的夜晚
寰宇只剩了这油灯一盏
于是吹灯也成了乐趣
而吹灯的乐趣必须分享

好孩子,别抢
吹了,妈再点上
点上,吹了
吹了,点上

当我写下这些诗行
我看见母亲粗糙的手
小心地护着她的灯苗儿

像是怕有谁再吹一口
她要为她写诗的儿子照亮儿

哦,母亲的灯
豆儿一样
在我模糊的泪眼中蔓延生长
此刻茫茫大野全是豆儿了
金黄金黄

那金黄金黄的
涌动的乳汁
我今生今世用不完的口粮

选自《诗选刊》2019年第8期

两匹马的壮烈

刘金忠

雄壮的子马
不知道被牵来是与母亲交配
为防止拒绝
人们已为它们蒙上眼睛

完成配种，人们如愿以偿
当两匹马被摘下眼罩
四目相对，瞬间山崩地裂
子马仰天长啸，愤怒，羞辱
一头冲下悬崖
母马也疯狂地挣脱缰绳
跃入深谷

它们不是石头
坠落时，比石头更响

世界一片死寂

这场悲剧的导演者
那些逆天的石头们，彻底惊呆
因卑鄙集体失声

选自《扬子江诗刊》2019年第3期

箴 言

刘洁岷

当你的生活刚刚
有点起色时,你的前妻
肯定要来破坏

当母亲和陌生人开始调情
我就有了爸爸

这就像在破漏的船舱里
往外扔玻璃瓶子

就好比鸡蛋爆炸了

有个年轻人如果他一定要经历
别人所逃避的经历

还想像古人一样到高山上
抖衣,到长河里洗脚

在大多数情况下,我想说
那并不值得

选自《芳草》2019年第1期

对 峙

刘笑伟

抬起头来,我看到了一匹蒙古马
穿过黎明扬起的马鞭
在草原上敲击疾风,四蹄踩着闪电
成为呼风唤雨的可汗

它凝视着我。眼睛里的蒙古草原
唤醒了一大片飞驰的武士
骏马奔腾,让诗词中的动词
在马背上跳跃,剑光席卷历史

对峙,心也有眼睛。我看见
自己背上长起驼峰,储存了
一个小小湖泊的水
隐藏着徒步穿越沙漠的梦想

抬起头来,与蒙古马对峙
渐渐看到了自己,奔波,隐忍
无惧死生,通体刺出光芒的利剑
成为时光草尖上的神

选自《解放军文艺》2019年第8期

山顶上的春天总是比别处短一些

刘棉朵

山脚下的花已经开了
山顶上的种子还没发芽

那是因为山顶上的春天总是比别处短一些
甚至没有春天

因为春天总是从山顶走到山脚的
春天也有一把降落伞
它从高处降落到地面上
然后变成那些无数的小伞

而更高的山上,从来都没有春天
只有白雪皑皑,白雪覆盖
只有一个人在山脚下长久地对着它凝望时
它才会有一小会儿的春天

它的冰才会融化一些
变成人用自己的眼睛看不见的水蒸气
而如果那个人不去望它了,掉转过头去
山上的春天就结束了

选自《诗歌月刊》2019 年第 3 期

词　语

衣米一

为了过好一个节日
我盯着月亮　看了好久
为了写一首诗
我寻找着月亮存在的意义

为了过好一个节日
我赋于月亮
清澈，圆满，古老，长情
为了写一首诗
我赋于月亮孤绝，冷傲，新鲜，锋利

我每赋于月亮
一个词语
词语就起了变化
词语先从白天穿越到夜晚
然后从地面上升到天上

月亮只能在天上
我无法想象月亮掉下来的情形
无法想象　那么多词语掉下来
那种痛苦的样子

选自《星星》2019年6月上旬刊

悲 伤

关晶晶

堵在胸口的厌倦，不知该投向何处
这挺让人崩溃的
我在屋里打转，走来走去
瓶子里的花已经耷拉了脑袋
——它们昨天还娇艳着
我望过去的工夫，花便萎了
那么的不经直视
那么的让人悲伤
尽是悲伤啊，从音乐里走出来
从故事触动我们的那一刻走出来
从一个肉身走向另一个肉身
柔软的肌肤挡不住悲伤的脚步
怎么有那么多悲伤啊，在这世上

选自《读诗》2019年第2卷

石　头

灯灯

石头不会说话,一说话
就领到崭新的命运:或滚落,或裂开
挖土机开到山前
采石场彻夜不眠
这一辈子,我和无数石头相遇
看见过它们的无言,以及无言的复制
这么多石头,那么多石头
分成很多块,一样奔波,一样无言
一样在无言中
寻求归宿
很难说,我是哪一块石头
这么多年,我在外省辗转
我看见最明亮的石头
是月亮
我看见月亮下面,山冈、河流、房舍
各在其位
各司其职
是的,是这样
就是你想的这样:
碑石寂静,而牛眼深情……

选自《诗歌风赏》2019 年第 1 卷

西湖残雪

汗漫

湖对岸,宝石山和南山像两匹黑马
身体上隐隐有一些白斑。

残雪让断桥一阵阵心痛
需要请一个外科医生来做搭桥手术?

湖心亭阴面余雪,像杭州城的指北针
指出北宋、岁末和一个人的晚年?

我不来,西湖的雪不会完全消融
像父亲临终没见儿子,不会彻底闭上眼睛。

选自《诗潮》2019年第8期

眼睛看我

江非

就我们俩。没有别人
我们蹚过一条小河
去接近果园的树篱
那儿有槐树叶

就我们俩。你在吃着树上的叶子
我让树上的枝条弯下来
用手,枝头上有更多的嫩叶,果园里
有苹果正在生长的气味,但我们不靠近

然后,我牵着你回来
犹如外婆带着我,从集市上回来
脚步轻碎,像一只仓鼠
深夜,在谷仓里用牙齿剥开薄薄的谷壳

然后,只剩下我一个
然后,你好像从未离去,还活着
一只羊,小小的,白色,四十公分高
嘴唇卷着绿色的树叶,眼睛看着我

选自《扬子江诗刊》2019年第1期

星　空

江浩

许多年没有见过星空了
也找不到，北斗星的位置
这些年，一直低头赶路
忙于生计，也曾留恋于酒绿灯红

星空，是遥远的事
那时荒草地还在
蛙鸣和萤火虫还在，蟋蟀的歌声
口中的那根狗尾巴草，还在

最近一次见到星空
是在澳门的威尼斯人
逼真、恍惚。没有星星对我眨眼
仿佛，它们也都迷了路

选自微信公众号"诗同仁"

词与物

江雪

一个苹果像一个词
从树上落下
一个词像一个苹果
被欲望切成两半

一根蜡烛像一个词
被风轻轻吹灭
一个词像一根蜡烛
在黑暗中发出灵光

一个人像一个词
消失在典籍中
一个词像一个人
被哀悼和纪念

一头猪像一个词
生活在人类构造的动物庄园
一个词像一头猪
常常被活埋于深坑之中

选自《江南诗》2019年第5期

迷　途

池凌云

秋日下午，树林行列整齐
发出越来越浓的气息，
一个穿木屐的女人被风追赶
转瞬就没了踪影。
但进入这个秋天的人都会魔法，
她尝过爱的滋味，不会再离开。

她所钟情的快乐和痛苦，
投向山影和树荫。
树林已经成型，远方的山峰
默不作声。一份难言的感动
让我频频回头。我喜欢
这秋的色彩，金黄的稻穗
因饱满而弯腰，被拥在世界的怀中。

我被满山的色彩推着前行，
找不到回去的小径。
行路的方向不对，一切
却不是徒劳。我相信
多少年后，回想起错过的路口
我依然会喜欢这迷途，
喜悦这路上的一石一木，

每一片落叶,和空气中的万千诱惑。

选自《诗歌月刊》2019 年第 6 期

不识字的春风送来了万卷家书

汤养宗

不识字的春风送来了万卷家书,石头们
举目无亲,混在人间却有悲欢血肉
天地运转,可靠,但从未问过谁家的姓氏
如果春风识字,世界上便多一个
送信人便是嫌疑人,也多了
可以被偷偷拆看的天机
春风永远一副目不识丁的样子
留着与我们一样飘逸的发型
在它手上,国王与女孩的心事
必须同时送达,大大方方或神经兮兮
也不问虫鸟有病与没病,也不心怀小沧桑
不是大悲过后又来个大惊喜
它随性,不刻意,不去玉门关就是不去
不识字为什么也满腹经纶
没有为什么,天生的仁者,没有用心
用心,何其毒也。春风不用。无毒

选自《诗刊》2019 年 1 月上半月刊

流浪的尘土

许无咎

天黑了,天就会先找到家
其次才是穹幕星斗,你看呀——
人间的烟火多像一个虚无

走着的风不容易被折断,隐藏绿叶里的藤枝
渗透出栩栩如生的颤抖
那些在窗框上挂着的日子
是多么清晰可见,一活便是这些年,再
久,又是一年再一年

地心给了苔藓,春雨给了草根的沉寂
终有一刻,你不再泛滥于唇齿之间的言语
而万物,多么紧实,多么地容易被悲伤耗尽

选自《诗刊》2019年3月下半月刊

五月二十日的讽刺诗

孙文波

在雷声中惊醒。接下来
我该写什么?不知身在何方。
这肯定不对。深圳,洞背,
我在这里,不在云南,不在成都。
起床了,开门了,观望了!
横亘在眼前的电线上站着一排燕子。
这是"昔日王谢堂前燕"的燕子?
当然不是。这是自然联想的燕子。
肯定的是,这样写下去,
偏离了想写的东西。不过,想写什么?
上网看,很多人谈爱情。
但一个老家伙了,已失去谈爱情的资格。
老家伙应该谈衰老的体会。
可是衰老,还衰老得不够,还不彻底。
还想入非非,譬如想周游世界,
去印度、去缅甸、去波兰、去阿根廷,
娶妻纳妾(这是做梦,想得美!)
当然、绝对,现实下雨,哪里都去不了。
现实是,脑袋里雷声轰鸣:
一个雷,炸醒了身体中沉睡的徐霞客,
另一个雷,炸醒了身体中的弗洛伊德。
哎呀喂!都写到哪里去了?

必须收回。要写，天空滚着惊雷，
大地充满歧义。要写
歧义的大地，给予了想象伦理。

选自《芳草》2019 年第 1 期

每次看见落日

孙立本

每一次看见落日，故乡高原上的那种
苍茫、浑圆，带着血色
我就会想起亲人
他们中有的还每天走在尘世的人群里
爱着，生活，赶路，歇脚
擦掉额头上的汗水
磕净鞋子里的沙粒

有的已经住在地下
永远看不到下一个日出

每一次看见落日，我都会沉默地
跟在它后面
那些沿途的记忆像落在野花上的灰尘
那些光阴，影子一样
落在身后

每一次看见落日，我就会想起
所谓的遗忘
就是把一生当成一天来过

选自《重庆文学》2019 年第 2 期

修竹赋

孙启放

狭长的叶，含在风的嘴里
窸窸窣窣，看那个披衣散发的流放者
赏你，宁可食无肉

沙漏将时间，变成有形，诗文也能成枷
这都是病。好在南国的竹茂于中原
明天是一方生宣，丢下几竿疏影
再唤来几块石
就能覆盖昨天的书页

带着雾气的绿，一点点挤出来
趁那位好侃的老兄出门
漂洗一下，这舍中的晦气霉气
往那坛酒中，倾一点清芬
然后，不动声色
想一想那张著名的长脸　作何神态

风一吹就是一千年，这瘦美人
腰肢刚性的韧，思念也就嶙峋
那人一支笔下，土坷垃也能色彩斑斓
唯有你　仍是墨色，拒绝开花

选自《中国作家》2019年第4期

孙苜蓿

孙苜蓿

很多人念不好它的名字。在乡下
它只是众多的牛羊的粮食之一
很多人也不认识它开出的紫色小花
在春天的田埂、庄稼人的屋后
在尘土飞扬的大路两旁
很多人没有尝过它的味道，因为
很多人活着是牛羊的面孔却没有
牛羊的胃口
很多人不赞同它开花的方式：
太泛滥了，太低贱了
不择路途，不值一提
很多人，很多很多人
看不见它托出来的天空
他们像地主一样
漠视身边的草民

所以，在这个浊世
很难遇到一个人
配爱上它
配因爱它而成为它

选自《诗收获》2018年春之卷

茶壶里的下午

孙松铭

斜阳与一壶茶有对称的美
它们的约定,是我与一个下午碰面的
补语。之后的整个下午
在阳台狭窄的姓氏上,两个太阳
在透过薄凉的玻璃交换着人间温度

一扇窗的嗓子眼儿里卡着斜阳的芒刺
时间的影子是这个下午的书签
它轻声提示我
茶壶里的下午
所剩无几

落日像早些年母亲送来的
玉米饼,它跌下楼顶时溅起的光
擦亮了万盏星星。当红色的秋叶
对称了月亮,月光
就成为下一段路程的指南

选自《芒种》2019 年第 9 期

钥　匙

孙慧峰

这次我不是带着同情而来，我带的是钥匙。
一把钥匙可以是赞美，也可以是鼓励
我帮你打开你，锁死的铁门。

这次我来，没有带明亮，我带的是钥匙
钥匙进入幽暗的锁孔，咔哒一声，你就能
进入温暖和安全。假如它们都是房间。

这次我来，带的不是很多把钥匙
真正的钥匙只有一把，打开唯一的门
我走了，会留钥匙给你。

等你从大海边回来，记得锁好大海
等你拐过这个街角，记得把钥匙从脖子上
摘下来
静静地看着门，然后一个人打开。

选自《诗刊》2019年2月下半月刊

妹 妹

阳飏

橡皮筋扎辫子的妹妹
火钳子把刘海卷曲的妹妹
走路跳舞一样,说话唱歌一样的妹妹
向日葵的年龄,腰细脖子细的妹妹

爆米花"嘭"一声响
没有了父亲哭成一张纸的妹妹
哭成另一张纸的妹妹
还有你们的哥哥啊
还有可以成为推土机压路机火车头的哥哥啊

那一年爆米花"嘭"一声响
我闭了一下眼睛
妹妹啊,我们怎么就老了

选自《诗刊》2019 年 10 月上半月刊

三月初

羽微微

三月初。天亮了
美好的事物,仍然不知道自己美好
小雨下个不停。檐角下的蜘蛛网
沾上了细水珠

小鸟飞去,随它飞去,白云飞去
随它飞去
小野花,带回家

此时此地很好。
三月刚刚开始,湖上就现了水纹
小男孩,两手放在兜里
有一颗小石子,他刚刚扔了出去

选自《诗歌月刊》2019 年第 4 期

信仰孤独

远人

一个信仰孤独的人
也信仰一幢灰色的房子
外墙上的水泥满脸粗暴
里面的装饰,拒绝任何人偷看

只有信仰孤独的人住在里面
他每天打磨自己的影子
好让它变得没有重量
变得像从身上扯下的一片羽毛

房间的天花板上
垂下的蜘蛛令他不可忍受
当他俯身凝视地毯
不记得它最初是红色还是黑色

因为他信仰了孤独
信仰了一颗不停旋转的心灵
那心灵必须没有灰尘
必须滚烫,像屋外火车驰过的铁轨

选自《诗林》2019 年第 3 期

猫和花记得

扶桑

第一朵牡丹开了，在四月的微风中
想起，那种下牡丹并辛勤侍弄的老人
已过世快两个月了。她门前的小花圃里还时常
晃过野猫的影子。白色的。黄色的。黑色的。
它们还记得牡丹花丛下那一只木碗
碗里，从前，总有老人留给它们的饭
小区里已不再有人谈起老人那突然的离去了
（她73岁。是在一个落雪的夜
睡梦中安然离去的）
然而这些野猫和牡丹花记得。

选自《星星·诗歌原创》2019年第6期

一首诗

圻子

兄弟们都没有回来
我一个人在老家屋顶上铲雪
雪在天空中是多么轻啊
当雪落到屋顶上时
我担心它将房屋压垮
那年冬天铲雪的人必须弓着背
我见到雪的上面有模糊的脚印
我以为那是一首诗的脚印
就像一个消失的人曾经在那里踱步
而你却不曾见到他
那年我的兄弟无法返回家乡
因为雪很大
大雪只允许一首诗走着
时光中的房屋不堪重负
我为一首不再温情的诗愁苦
一首诗像一个人的孤独与虚无
当它踩下汉字的脚印
我再也无法将它从记忆里铲去

选自《扬子江诗刊》2018 年第 2 期

更多的葵花低下头来

花语

初绽的葵花
昂首挺胸，比太阳耀眼
比金子，明亮
但是
更多的葵花低下头来
是为了隐藏月份更深的孕肚
有时，定睛细看葵花的脸
又像作了印记的经书
一圈一圈
由褐，黄，黑，橙
来分割
宿命中的故事和年轮
最大的一只，甚至把脸
直接对准地面
感觉它的头就要扎进土壤

像硕大的灯盏
他们更低地低下头颅
是为照亮大地深处
更多的黑暗

选自《重庆文学》2019年第2期

那年的雪

苍城子

雪落下来,就像时光铺了一地,
往事在堆积,那年的雪一直在下,
我们携手走过的街道,
至今仍被雪覆盖,仿佛一个谜。

我走不出这个谜,也找不到谜底,
日子持续不停,我催促着自己,
逼迫着自己朝内心走去——
我内心的雪仍在飘落,
我对她的怀念永不止息。

在这个尘世上,我们所能拥有的,
除了爱情,又有什么值得去留恋?
生命自不待问,需要我们感恩。
在这条落雪的街上,走着我们的一生。

那年的雪一如火焰,又仿佛一道伤口,
我们相拥着在这条街上走动,
她揽着我的腰,把手伸进我的裤兜,
我们旅途的终点,或许是一盏灯?

街道安静如同一段往事,

雪,是这段往事里的主人和背景,
我曾吻过她的心跳和叹息,
在这条没有尽头的街上,
飘着的,永远是那年的雪。

      选自《山花》2019年第1期

一个人应该怎样生活

严彬

一个人拥有太多,获得的快感就会减少。
过于富裕的人站在一件漂亮的新衣服面前
不会有太多喜悦,他得到了
也不会很快乐。对思维能力的拥有
和金钱相近,思虑过多的人不大容易快乐。
获得普遍快乐的多少并不是意义的标准:

一个人应该怎样生活?
——懂得一束花中包含的多种美。
过温饱的生活,尽量使精神丰沛,锻炼身体,
去体味获得、丧失、充盈、不足、虚空和一无所有的快乐,
直到抵达个人死亡的终点。

选自《十月》2019 年第 4 期

辽阔的爱

芦苇岸

爱它匍匐的姿态,隐忍的低眉
爱一场大雪,被阳光劈出一条伤痕的路
爱地平线那端,走着一个人
身上的风尘,在晚风中幻变鸟鸣
渐渐地,他卡在那儿
那儿有落日的脆响,有远行的苦痛和甘甜
爱一个人在月光下形色纵横
夜撕开他的胸膛,袒露心跳噗噗的原野
爱土里的草根,举着牛羊的重量
爱成群的斑马、豹子,像星群一样转移
爱大象踩着草丛里的星斑
朝着时间的刀锋走去,把最高的意志
铺成命运的河床
爱世界在一颗石头内部兀自回响
踩着它走过,每一步,都无比扎实、劲道
爱它姿态沉稳,低眉而沉实
这爱,被草动,被风吹
在野外,知遇更多的人:爱他们渺小
如省略号,迅疾陷入阔大的苍茫、辽远

选自《山花》2019 年第 10 期

火 车

苏浅

它带来了铁轨,又制造了远方
它携带着窗子和人群,路过所有的我
在每一个车站,我停下来
每一站都成为终点。它所具有的速度
都被我的宽广覆盖
我赠予它磁铁,但从不停下
除非我设置了十字路口,从另一种生活
被分出岔道

选自《诗潮》2019 年第 4 期

稻　子

杜立明

在一群稻子中，我找到
盎然，它是稻穗上的呓语
一粒词语的露。

雨渗透，风端坐，阳光把自己的观点
写进稻子的身体
茎被照亮
听见稻穗说话的声调
暖洋洋的
直到，被秋风吹硬的骨头
支起头颅。

种粮人，加重了稻子的意义
在粮食内部发力
广袤凝聚到一点
光的纹理，在穗子上逐步清晰
——一场喜悦，堆积、脱壳
幸福，白到耀眼、洁净
总是习惯低头走路

源于前世——我是一棵稻子。

选自《诗刊》2019年2月下半月刊

燃烧的少女

杜绿绿

沉睡的少女,
额头掉着碎漆。

那涌动的热能,
折磨你,无比绚烂的颜色
覆盖过你。

你痴迷那些滚烫的事物,
每日都在寻找它们的源头,
像个足够出色的爱好者。
微小的线索,
绣在手腕,盛放的睡莲。
你的腰与肩膀
美好如锦——

热烈的少女,
永不停息。
该对谁求救?
——那未知的纵火者,
是否会大发善心。

眼前的少女,是这样,

快要被迫熄灭的光体?
在晨雾中。

像烧尽的木炭般沉静。

　　　　　选自微信公众号"送信的人走了"

爱

巫昂

爱是从对方背后拔出
扎在上面的箭
清理掉血迹
安慰他，今晚你不是独自一人
当他裸身在旷野之中
那个从远处瞄准的人是你
击中他的，也是你

选自《扬子江诗刊》2019年第2期

天涯的风醉人

李南

天涯的风醉人
三角梅铺遍了大街小巷
我来自北方——来自雾霾、哮喘病和
日复一日被冻僵的生活!
现在我蛰居在此
悄悄地藏起对你的记忆
大海,清风,明月
熨平了尘世间的沟沟坎坎。
我沉醉于此,差点忘记了
俄罗斯,风雪弥漫了几个世纪
沃罗涅日。苦役犯奥西普接过了
勃洛克手中的神灯。

选自《诗歌风赏》2019 年第 1 卷

沉默者

李小洛

并不是每个人都能保守秘密
并不是每朵花都能在春天接近完美
你不能从我这里得到任何馈赠
客人或幕宾,都不能

现在,每天我都要抽时间
去那些空了的房子里看看
但已决定不再开口讲话
简单的招呼,问答,也不会有了
我要让这一切成为习惯

如果不需任何努力就可以变回一株菠菜
如果可以选择两种方式的生活
我就选离你最近的一种
停下来,不再生长
一直沉默　一直病着

选自《汉诗》2019年第2卷

群峰之上

李元胜

获得一座山的方式有两种：
在它空出来的地方喝茶
或者徒步登高，和它一起盘旋而上

两种方式，得到的山并不相同
造成的后果也大相径庭
想到这里，一切已经来不及
无意间我已在群峰之上

透过云团的缝隙
我们繁忙的日常，在山脚围绕
像迷雾重重，又像万丈深渊

选自《十月》2019年第2期

回母亲的怀里痛哭一次

李不嫁

仅有的一次,在我成年后
扑进母亲的怀里
失声痛哭。坐一夜火车,转长途汽车
只为回到母亲的怀里
痛哭一次
时隔多年了,她仍在疑惑
是何事、何因,何缘起
让我奔波千里
像一头初长成的牛犊呜咽
那抹泪的样子,绝不像被痛打的
丧家犬:她熟悉乡下的物种
无非受到极端恐吓,无非遇到虎豹
才会不喊不叫,因无力抗争,而回到窝里大声哭泣

我说不出话!
子弹如蝗虫乱咬,她的长子差点殒命玉兰树下

选自《凤凰》2019年上半年刊

天　涯

李少君

世外大洞天，但我宁愿长居于此
守住心中一方小洞天

吟赏烟霞，驱驰云浪
幽寂中常起野兴，彻夜吹箫
或孤独时一个人远走南山
明月下自行燃放烟花

偶然，行走落叶间
会溅起零落草丛间的三两只蟋蟀
彼此都会一惊

选自《上海诗人》2019 年第 1 期

自 悟

李发模

天有收拾,每个昼夜,日月星辰
都摆在原有位置,雷雨后
以云彩擦拭
——因此天恒久

地懂规矩,所有物件,山水禽兽
自然优胜劣汰,周而复始
奉献活力
——所以地载万物

人呢?身心是天文地理
得天恩地赐,受控生老病死,知敬畏
老了,名利场别去,唤回天人合一
——以防丢了自己

选自《诗潮》2019年第10期

夜晚穿过城市

李昀璐

光被滥用,还有很多东西
被我们拉下了神坛

地面生出很多影子
本就拥挤不堪的人间
更加难以捉摸

它们拥有不同的颜色
变幻的霓虹灯
并不能,准确描述灵魂

它们是城市夜游的流浪者
庞大的数量,让它们变得廉价

如果渴望不同,或者渴望与其他的
事物连接在一起,光也会很快地转动
分开所有牵连

消亡的速度太快了,像冰一样
光也像冰一样,透彻、寒冷

我孤身穿过城市,始终依靠着狭窄的阴影

避开了脚下所有的追求者

选自《诗刊》2019年6月下半月刊

愿　望

李柳杨

找一个新的地球住下吧
那个地方不举行葬礼
我们像草一样躺下
又像月亮一样升起

选自微信公众号"幻想家"

屋檐下

李寂荡

雨水四处驱逐,让你无处逃避
奔跑是为了停止奔跑
此时你才羡慕未雨绸缪者
在雨中,犹如闲庭信步
此时,你才知道林立的高楼
难寻一爿屋檐。瓦不在,檐何有
此时,你才知道一爿屋檐的重要性
屋檐在,方能立足

雨中飞燕,不知筑巢何处
即便寻常百姓家,已难飞入
仿佛只能筑巢于旧朝,或者回忆的屋檐

铺天盖地的雨,世界茫然一片
一爿水泥的屋檐下,庆幸自己摆脱了落汤鸡的下场
一群人因为雨水肩并肩站立,却各怀心事
屋檐下,一律平等,哪怕是这人世短暂的一瞬
即使身旁的环卫散发着汗臭,也影响不了井然的秩序
雨水让人变得孤单

街边的垃圾箱空空如也,无论落下多少雨水
屋檐旁的梓木,满树紫白的虚荣

却如你,即便初夏来临
也难改一脸落寞的表情

选自《天涯》2019年第4期

我在一颗石榴里看见我的祖国

杨克

我在一颗石榴里看见我的祖国
硕大而饱满的天地之果
它怀抱着亲密无间的子民
裸露的肌肤护着水晶的心
亿万儿女手牵着手
在枝头上酸酸甜甜微笑
多汁的秋天啊是临盆的孕妇
我想记住十月的每一扇窗户

我抚摸石榴内部微黄色的果膜
就是在抚摸我新鲜的祖国
我看见相邻的一个个省份
向阳的东部靠着背阴的西部
我看见头戴花冠的高原女儿
每一个的脸蛋儿都红扑扑
穿石榴裙的姐妹啊亭亭玉立
石榴花的嘴唇凝红欲滴

我还看见石榴的一道裂口
那些餐风露宿的兄弟
我至亲至爱的好兄弟啊
他们土黄色的坚硬背脊

我在一颗石榴里看见了我的祖国
忍受着龟裂土地的艰辛
每一根青筋都代表他们的苦
我发现他们的手掌非常耐看
我发现手掌的沟壑是无声的叫喊

痛楚喊醒了大片的叶子
它们沿着春风的诱惑疯长
主干以及许多枝干接受了感召
枝干又分蘖纵横交错的枝条
枝条上神采飞扬的花团锦簇
那雨水泼不灭它们的火焰
一朵一朵呀既重又轻
花蕾的风铃摇醒了黎明

太阳这头金毛雄狮还没有老
它已跳上树枝开始了舞蹈
我伫立在辉煌的梦想里
凝视每一棵朝向天空的石榴树
如同一个公民谦卑地弯腰
掏出一颗拳拳的心
丰韵的身子挂着满树的微笑

选自《诗刊》2019年9月上半月刊

和解与告别

杨钊

一个人对着晚风打电话,用
旧式的按键手机,老地方,
油脏的棉裤焐热了木条凳。
风越冷,他的嗓门就越大,
似乎没有商量的余地。
也算得上讲演实录,听众们
藏在风的后面,看不见的某处,
他拥有久已失传的方言。
阳光比雪稀薄一些,
这个季节,每隔几秒就有枝叶状
物体剥离、坠落。他的心愿相应地
一点点开始淤积,他拢了拢棉帽,
露出倔强的牙缝,像黄昏一样宽疏。
人们知道他会夹着手袋经过天桥,
能借一点微光,他的要求也会更加
湿润。彼此擦肩,突然想起了什么,
他们努力去辨认,那眼神怎么解释,
仿佛复写一份过期的文件。

选自《星星·诗歌原创》2019年第1期

干草堆

杨河山

一座座发光体其实就是生命体,
不停变换色彩,好像自带光源似的。
那些如同巨大蘑菇的三角尖锥形或圆柱形,
有时候发出金黄金红紫红色
的光仿佛火焰燃烧,但有时微微发蓝,
那或许是它们感到孤独的时刻,
有时它们的顶端落满了厚厚的积雪,
这样的情景人们就会想象,
一切究竟意味着什么呢?这究竟是它们
自己发光还是出于画家的描绘?
有什么意义?此刻任何追加
的所谓意义都特别荒谬,它们仅仅是
一个又一个干草堆,出现在
一百三十多年前的欧洲田野,
自发光或者被映照,但进入了画家的视野
进行描绘之后,情况有些复杂了。
莫奈画出了这样的光,超越了自然的边界
谁能告诉我这其中没有个人
的情感?心境?对自然界的某种印象
以及对于命运乃至对于世界
的认识?它们不仅仅只是一个个
几乎没有轮廓的美妙光影,

而且纪录了过去发生的某个时刻与逝去的
光阴，或者它们根本就是一个个
美丽的幻梦。

选自《诗林》2019 年第 1 期

在开往哈达铺的火车上

杨森君

我辨认着
与我的命运一致的人

我在很多人的
面孔上寻找自己

沉默寡言的
心不在焉的
兴奋的
疲惫的
幸福的
操劳的

我居然在一个小男孩的面孔上
看见了自己小时候的模样

——他在一位年轻妈妈的怀里酣睡

选自《草堂》2019 年第 2 期

葛

吴乙一

一棵葛,与另一棵葛之间
事物古老,喜赤脚行走,为绨,为绤
每朵葛花都在等待云游的神
——浅紫色的神。双目微闭的神

更多时候,葛带着柔软的梯子攀爬
为绳。为鞋。为粮食
为繁体字

挖葛人手持暗器。他说——
四周越来越空旷
我无法代替风,收留山中痛哭的鬼魂
我苦,他们也苦
一直往深处长的葛最苦

这个下午,在无人的酒坊
我长时间注视着葛根慢慢发黑
看着不断加重的年轮
正一圈一圈束缚我内心的猛虎

选自《作品》2019年第8期

适得其所

吴小虫

男人找寻着女人,女人找寻婚姻
儿子找寻着母亲,母亲找寻父亲
花朵找寻露水,梦找寻现实
呵,一切应该适得其所……

弓箭找寻着猎物,牙齿找寻骨头
战争找寻着胜利,毒药找寻活物
呵,一切似乎应该适得其所……

我终于从他们的脸上看到了
——幸福的笑容

但风找寻什么,它吹来吹去
但月亮找寻什么,它兀自散发清辉
请告诉我,请不要伸出手来安慰

选自《人民文学》2019年第5期

此刻水泥阻挡了我们和泥土的距离

吴任几

不要玩弄另一个人内心深处的东西。
木杖再也不会生出枝叶,
因为它已永远离开了山上的树干。

如此忧郁的日子总得发生一次,
你不施舍,狗和兀鹫也回来寻找美食。
认真想想吧,你是否还打算保护我。

该抽芽的依然在悬挂,栖息在汉语
给生活带来年轻的颜色,孩子的眼睛
没有国籍又善于寻找。

今天,你不用上山,
月亮已经替你上山了。

我知道,此刻你的心
不能不寻求同情,而这样做会带来新的
屈辱。我越看黄昏越像一匹马。

选自《诗歌月刊》2019 年第 2 期

情 人

吴素贞

是我带给世界最明亮的部分
我发光,唯有他见过我吞下月亮
把生活里的悲苦忍成珍珠
唯有他视我为贝,将我爱成软体

灰烬里的爱,我们也要做完
是我带给世界最无知的部分
唯有他,把撞击凝成一团幽火
孤绝与人世,我才一次次看到虚无

是我带给世界喜泣的缘由
唯有他可以朝我举枪
交给他全部,是为了确证爱的绝境
交给他绝境,是为了爱的微不足惜

选自《草堂》2019年第1期

枇 杷

呆呆

枇杷树下有一个女人
女人在梳头,给木窗刷上青苔的,是南风

大多数的船里,装着丝绸,酒和粟米
雨点敲打浮萍
就在眼前。这个镇子有两种时间:一种在水底沉睡

另一种,大摇大摆,足底生尘
树叶拥着大阴影,母亲们的头发里,住满鸟雀

选自《诗歌月刊》2019 年第 4 期

影

邱华栋

我走开了
把你留在一片黑暗中

我回来了
看见你在一片阴影中

你走开了
把我留在一片黑暗中

你不再回来
我本身成为阴影

选自《人民文学》2019 年第 2 期

怀良辰以孤往

何冰凌

清晨,亡灵隐入枝头
昨夜的白霜消弭了
天地的界限

前夜的白霜早已不在

它是有毒的,也蛊惑
曼陀罗有巨大的花苞
它用此种方式占有着人类

在京郊植物园
我第一眼就爱上了它
和它身上颓废男子的气息

一个人在年轻时爱上一个坏人
是件平常的事

后悔或宽宥也属正常
即便恒河之水
也得不到片刻的停顿和休歇

唯我的胸膛里

至今尚存悲欢的大风

选自《长江文艺》2019年第1期

一个人喝茶

何晓坤

坐进陶瓷的中央　所有的事物
开始简单而透明　茶是次要的
被时光漂洗过的也是内心
我坐下来　并不是要和时间谈判
我也不是被浮世抛弃的那个人
处心积虑地和自己对垒　许多年了
我一直在寻找　打开自己的
那把钥匙　现在　我终于可以
安静地坐下来　一个人喝茶
一个人　在辽阔安静的湖里
打捞岁月中遗失的影子

选自《诗收获》2019年春之卷

菜摊旁

余退

菜摊旁
简易的木板上,小姑娘埋头
在作业本里寻找出路
偶尔她抬头
看看满满当当箩筐间的世界
如此高低不平

我知道
此时,她还不能完全理解
正在围困她的一些东西

作业里那些难解的题
使她怔住一会儿
这些题目,还不会真正难倒她
把她逼入绝境

她们长得如此相似
我向她母亲,多买了两样蔬菜

选自《扬子江诗刊》2019 年第 5 期

山中记

余真

在山中,我在薄雾里沉沦,误把自己看成
一个诗人。日出耕作,照料山间野菜小笋
听凉风有信,看一个人眉黛如远山
的苍翠。我要给山上静坐的枯槐,找到
贴身佩戴的愁绪。夜雾缭绕,我已分不清
果实的耳垂。分不清枫叶红,在夜晚的价值
只有你心急如焚的眼神,可以点燃
小径的幽僻。每一日我戴月而归,看你
寐于床榻,眼上秋草盈珠,月光慈爱推窗而入
把手盖在你的额头。光影交错,你的脸如
桌上两块切而不分的鸭梨,靠墙面怯弱腐朽
看你身上安稳的疲倦,一把收拢的卷尺。看你这
白面书生!用久了真正的人间,嘴唇没有糖分

选自《诗歌风赏》2019年第1卷

抵 消

余幼幼

性器官里找不到性
睡过的床单找不到褶皱
借给昨夜的灯光尚未归还
失去照明的人
通体幽暗或成为极夜

我们彼此看不见
独自去摸索沉重的肉身
梦同样是肉做的
与骨头结合
便能像人一样行走

我们不常做梦
但每天都在走动
有时躺进血管
缓慢地流向心脏
试图接近最痛的区域

在这个过程中
我们最想发生的是
看见对方
让期待的一切

慢慢地相互抵消

选自微信公众号"不艺术"

我还活着，我还等待

余秀华

雨，敲打窗上的遮雨棚，响声喜悦
孤独浓稠，挥刀难斩。落叶般的横店村
悬在半空
我在他们中间却远离了他们：
一脸老旧的我的亲戚和邻居
这没有只言片语的日夜里
我能抓住上帝都抛弃我的一些时刻
而我还活着
世界没有少了什么，这馈赠啊
我将在模糊的等候里耗尽一生
像把身体里的永生一点点取出
放进尘埃
任由嘲弄
我还活着，在陡峭的爱恨上，陡峭的荣辱上
把锋刃磨钝

选自《长江文艺》2019 年第 3 期

接梦话

余笑忠

一个人在做梦
一个人正醒着

做梦的人说着梦话
醒着的人接过梦话
听起来,就像一问一答
发问者像在安抚
回答者答非所问

我们就像这样
说梦话的,有时是你有时是我
醒着的,有时接过梦话
更多的时候,像听婴儿牙牙学语
谁醒着谁就是守护者,而绝不是
偷听者

选自诗集《接梦话》
(宁波出版社,2018年10月版)

切开一枚苹果

谷禾

切开一枚苹果,我看见星星
也许所有甜蜜事物
的内部都藏着一个浩瀚天空
星星在苹果里,听见刀子
绕着它,一圈圈削着青涩的光芒
而我们在黑暗里,听见雨
落在窗外,听见光
揉洗着窗帘,舌尖的缠绞
像另一场雨,落上夜的肌肤
我们交换着呼吸
向焚烧的原野索要春天
野草跌宕,流水随黑暗涌动
在寻找与摸索中,让我们看见了自己
而那青色的光芒
继续生长——我确信
它来自你的深处,一如针尖上的蜜汁
一浪高过一浪的星空

选自《芳草》2019 年第 2 期

独 处

应诗虔

整个村庄的灯光逐个熄灭
我的灯光才亮起
为了避开他人的光线
为了站在大多数人的另一边
从白天的现实里走出来
走在一张张白纸上
感官之外的，神圣的孤独
我真心喜欢这样
好在黑夜太长，我可以学习其中的寂静
白天的一些事情
我不用去想

选自《十月》2019 年第 3 期

旧日窗前

冷盈袖

夜晚在园子里收衣服
静而安详
林子沉默
风经过的时候
才动下叶片
又见地上微微泛着幽白的月光
玉米隔着低矮的土墙
把影子投过来
就在那屋子的深处
我再次看见你们
多少年了
旧日窗前,旧日灯光
依然在细细的雾雨中,一点一点茫茫的黄

选自《星星·诗歌原创》2019年第5期

羊图腾

羌人六

这世上,许多痛苦
无法用诗歌的语言描述
岁月不停生长,劳碌
使我丰富,却来不及
装一扇挡风玻璃
在肉身的边缘

生活五颜六色,充满
这样那样的无常、变数
一些事物会慢慢缩小,直至轻如鸿毛
一些记忆会慢慢生根,直到枝繁叶茂

啊,或许,传说中的羊图腾
是真的存在:当我开始怀疑
这荒凉的土地,有一块
独自醒来的草皮,正在悄悄吐绿

选自《星星·诗歌原创》2019 年第 8 期

夜

沈苇

夜晚有明显的缺口,星空
不会因我们的爱恨悲欣而改变
时代的抱残守缺者来了
如今悲哀已是他的秘密教义:
缺口处涌出的沙
已被他解读成荒漠甘泉……

选自《花城》2019 年第 1 期

子夜歌

宋峻梁

即使月光里堆满石头，我也愿意
看到两个相反的月亮
在天空擦肩而过，互相看一眼，互相照一照

即使不说话。尘封的嘴唇挂满冰凌
石头里风干每一滴水
可以背靠背的热爱，可以在上半夜
和下半夜，搬运忧伤

搬运远方山顶一个人的眼神
到一条鱼的眼睛里
也可以搬运一头老虎的低吼
到一座空旷的殿堂——
几百位帝王相继亡故之后，家园
仍然悬挂于苍穹之下

选自《诗选刊》2019年第8期

滑行术

张朗

在雪后的冰面练习滑行
一个人独自走出院子,
不小心就会滑向不可知。
一个喝醉的酒鬼,
要把灵魂滑到死去的世界。
一个衣着妩媚的妓女,
将自己滑给不再见的男人。
一个红通通的孩子,
滑进时间后,逐渐变形。
那么多人,在窗外,
从一次又一次的摔倒中
试图获取平衡,最后消失
在小巷尽头。我在房间
拼接不知何处滑来的词语
一场危险的运动。屏息。
不孝子叮嘱父亲注意安全
老者慢慢,承认了命运。

选自《芳草》2019年第3期

星空下

张琳

和阿多尼斯不一样
我的孤独,不是一座花园

星空下……
我的孤独,就像小小的地球
一边公转
一边自转

一边,是太阳的圆脸
一边,是月亮的
半张脸……

我的孤独,正如伊丽莎白·毕肖普所说
永远恒常如新
无论白天
还是黑夜
无穷的光芒
将它洗得干干净净

选自《十月》2019 年第 3 期

一生中的一个夜晚

张二棍

那夜,我执一支
墨水殆尽的钢笔,反复摩擦着
一张白纸。我至今记得
那沙沙的,沙沙的声音
那笔尖,旁若无人的狂欢
那谢绝了任何语言同行的盛大旅行
那再也无法抵达的渺远,与骄傲
那沙沙的声音,在夜空中,回旋着
直到窗外,曙光涌来,鸟鸣如笛
我猜,是一只知更
它肯定不知道,我已经
度过了自己所有的夜晚
谁也不可能知道,在一夜的
沙沙声中,我已经败光了
他们的一生

选自《诗刊》2019年1月上半月刊

雨的世界

张小美

此时,大雨倾盆
覆盖了视野中的全部事物

只剩下,雨
在制造自己的海洋

顷刻间,一个雨滴聚合的庞大穹顶
透明,坚硬。
你已不能强行进入

如同一个世界突然
让另一个世界停顿了

在二者的边界,
我像多出来的那个

事实上,我心里也在下雨
那里有一个世界在静静编织。

选自《诗刊》2019 年 8 月上半月刊

寓　言

张凡修

在没有任何准备的状态下
黑夜分给我一群乌鸦
和一群蛾子

这是我所需要的

蛾子种族庞大，纷纷地飞着
鳞翅抖落下的清辉
促成黑白

尽管乌鸦神秘，蛾子清澈
我仍有疑虑
心存私心，想把蛾子养大一点儿

明澈分明。需寓言，或者被寓言
继而，黏稠

选自《文学港》2019年第7期

慢动作

张执浩

所有的慢动作都好看——
绿芽慢慢拱出泥土
花苞慢慢打开
花瓣边落边在风中旋转
涧溪得过且过，而蝌蚪
在尾巴脱落的瞬间
趾蹼才分出了清水与浊流
这些慢啊，这所有的慢
都抵不上从道路尽头
缓缓驶来的那辆轮车
轮辐在朝阳里闪闪发光
当我们看清楚它的时候
它正沉浸在晚霞中
而此时你我在熙攘的街头
像所有人一样擦身而过
我回头看过你了
但你没有看我
你回头看我的时候
我假装骄傲地消逝在了人群中
然后你上了你的轮车
我上了我的坡道
我慢慢活成了我，活成了

你再也不想见到的那一个

选自《草堂》2019年第1期

生活的深度

张庆岭

打开一颗花生把里面的花生米取出
将一只苹果削去果皮再切开果肉取出里面的风雨
剥掉开心果的外壳将果肉与其隐私和盘托出
把一小撮茶叶放在滚开的水中让它找到自己的童年
在跌倒的地方再跌倒一次发誓务必捡到真理
亮出左肩让自己的右肩靠一靠再靠一靠
怀抱一次次张开就像张开梦想
深呼吸一次从年头进行到年尾
把一直昂着的头一次性放回原处放成石头
双眼紧闭让目光穿透1000度的黑夜
这时，就能接近生活的深度

选自《伊犁河》2019年第2期

黑灌木曾经为我们

张好好

雨水从天上落下来,我就会想起黑灌木
可以庇护我们——小兽们在大雪的冬天
也去那里;黑魆魆的森林小房子,许多
鸟儿为我们探路和守护——夜落到梦里
好安全,苔藓奋力生长枝叶鲜明如雪花

谁还在用力保存着蔷薇的挤挤挨挨和芳菲
是你吗?我深爱的你,我还知道
泪水里也有雪花般的美丽棱角,我一想起
我还有泪水为你流,就觉得自己依然幸福

很久以前雨水从天上落下,黑灌木的小屋子
我们躲在里面,雨的声音水的世界花朵颤动
我们蹲在灌木丛里不说话,枝枝叶叶总关情

翻开我们生命的大书,在这一页,那一页
折住的角,便于原路退回,并停伫下来——
天空曾经为我们,黑灌木曾经为我们……

选自《山花》2019 年第 5 期

残眼记

张远伦

有一尊断头佛只留下一只眼睛
黑瞳仁只留下一半
她看这个真实的尘世的时候是残缺的
怀疑的人们,不信请蒙上你的一只眼睛
学一学佛的样子
她看到的是你左边的世界
你看到的是佛右边的世界
高明的技师,无法雕刻出眼眸里的泪光
善意往往凝聚在眼角垂落的
那一滴里
我遍地寻另一眼睛不见
似乎它已经去了星辰的禁地
我亦步亦趋,骨节长到了第七层
白塔之上,有人看我
天空用独眼看我,而我怀疑那是当头明月

选自《长江文艺》2019年第4期

鸽　子

张作梗

肯定是鸽子,
翅膀躲开飞翔,咕咕叫着,
独自在一座木质阁楼上,
以村乡古老的暮色,和比暮色更古老的
柴烟的气息,
孵出了枝桠间的月亮。

月亮也咕咕叫着,像另一只鸽子。
发光的鸽子,鸽子,
它的鸣叫落下来,
铺天盖地,变成了捣衣声、霜、一首古诗的
平仄、两个论辩者　之间
长久的寂静。
鸽子呼应鸽子。
对抗又彼此消解着鸽子。鸽子铺天盖地。
千万只鸽子,像众云抬起了天空。
噙着柴烟的气息、劳作湿热的节律,
我们的心也咕咕叫着。在
生活逼仄的阁楼上,在
月光扑起的尘灰中,
我们轻轻喊着:爱、爱,明天、明天。

选自《草原》2019 年第 1 期

割草机

张牧宇

整个上午,割草机都在窗外轰鸣
偶尔会短暂停下来,接着
又开始连续工作
青草被锋利的刀刃切割,露出整齐的伤口
割掉的部分四散飞离,再软软地坠落下来
汁液那么新鲜,如少女舌尖和乳香的味道
源源不断地从窗口飘进来

七月里
万物都在向着成熟的方向生长
有时候,需要去掉肆意
和梦幻的部分,从云端落入土地
每一步经过刀尖的疼痛
都将呈现茁壮的饱满

选自《诗歌风赏》2019 年第 2 卷

雨的间隙

张建新

雨停了,过一会儿肯定还要落下来
喜欢雨和雨之间这段时间,空气清新
走在路上的人像新长出来的树叶
在这个间隙,我似乎要做点什么
但一时又想不起来
雨后能看得更远,水牛翻过大坝去吃草
有人扛着鱼竿来到河边
我什么都想不起来,我只想告诉他们
过一会儿雨肯定还会落下来

选自《诗歌月刊》2019 年第 5 期

一首诗

张曙光

一首诗有时不是一首诗。它是一座山。
你得用尽全力才能
达到顶峰。透过云雾,也许
什么也看不见。

一首诗有时不是一首诗。它是一条河。
仿佛是在忘川,你让小船在逆流而上。
或躺在船上,望着天上的云朵
任随波涛把你带到哪里。

一首诗有时不是一首诗。它是一片原野。
长满荒草,或到处布满了瓦砾。
你在远古的废墟上
盖起你的小房子。

一首诗有时不是一首诗。它是一块石头。
它击中了你,正像你当时用来
击中别人。现在一切变得安静了。
你在上面雕刻出人形。

选自《草堂》2019 年第 6 期

踏　空

陆岸

窗外扑棱棱一阵响
是一只黄雀在竹枝上踏空
它轻盈的身体踩在一根更轻盈的枝头上
某个环节就多了一分不可承受之重

多么熟悉又诧异的事物
闲暇时忍不住看天看云
雨却突然阻止我们打开庭院
出门在外，也常常警惕一些路口
爬坡向上，重心又往往滞后

这些多么熟谙的场景
我们每天做着黄雀一样熟练的动作
有时也会一不小心踏空

有时幸好拥有翅膀
有时幸好不是在悬崖

选自《诗刊》2019年3月下半月刊

选择在这个就要缤纷的季节沉默

阿未

还是沉默吧,一生中总有一些事
不能轻易说出口,四月来了
我在刚刚解冻的河水中看到的自己
仍然是一块被寒冷的冬天
伤害过的石头,而一块石头
躺在初春的岸边,除了
聆听湍急的水流声,实在不能成为
融化的部分,经过一场又一场
霜冻和大雪的深埋
一块石头有了深睡不醒的内伤
它不可能像那群被春风惊起的水鸟
扑啦啦落在一棵和它一样沉默的
树上抒情,还是私藏起一些秘密吧
选择在这个就要缤纷的季节沉默
我就是一块不想腐烂的石头

选自《诗潮》2019 年第 4 期

严 师

阿成

他把我身上的刀子收走了
藏在口袋里的,袖筒中的,衣襟里
缝合着的,乃至夹在指缝间的
一枚薄薄的飞刀……

对于生活,我心存戒备
但再坚硬的肠胃也经不起软磨硬泡啊
人生原来是一场无声而浩大的磨砺
温水煮青蛙是惯常的技法——
严师无情且坚韧,他只负责搜身
干净彻底地搜身……

只有皈依,只有屈服——
一个被生活招安的人,放弃抵抗
是最好的选择;我已瘦骨嶙峋,空空如也
交不出合格的答卷——你知道
这些年,我是如何唱着妥协者之歌
降伏于强大的对手并逐渐成为
他的合谋者——

选自《清明》2019 年第 2 期

风吹着,落叶飞着

阿华

我在写
——早开的堇菜、左侧的逆光和下午三点
时候的紫花地丁

你看到,我继续在写
——一棵蕨类植物,也有自己的晚年

我只能继续写,我只能在词语里
继续写出一棵苣荬菜对另一棵
苣荬菜的爱情和绝望

整个夜晚,思念焦糊了纸张
孤独屏住了呼吸

而我,只能继续写
——风吹着,落叶飞着

在静穆的山地,遍地枯黄
你看到了——

我在继续写,而我也几乎读懂了

你在沉默中隐藏的欣慰

选自《文学港》2019年第8期

两个人的车站

阿信

火车轰隆隆开过来我们还没有准备好。
火车轰隆隆开过来了我们的嘴唇仍焊接在一起。
火车轰隆隆向我们开过来,我们有向死之心。
火车撕开夜幕,光柱横扫戈壁石、芨芨草和远山
黑暗的轮廓。
火车像位大神,突然降临,
我们的心脏与这座名叫河西堡的露天小站一起
狂跳、震颤。
火车已经迫近,我们不能继续拥坐在铁轨上
一颗一颗耐心地数天空的星星。
火车注定抵达,就像两天前,相向而来的火车
把两个陌生人卸下。
火车,终于来了。而在它到来之前
我们刚刚从人海中,把对方辨认出来。

选自《上海文学》2019 年第 6 期

猛虎村记

陈亮

村子周围的土地被征用
就开始慢慢荒芜
长出很多老辈人也没有见过的植物
也长出了很多上访的人

又过了很多年
上访的人终于褴褛地回来
却再也找不到原先的村子了
也找不到村外的墓地或先人

他们抱成一团,瑟缩着恸哭
彻底地成了无家可归的孤儿

——于是,在北平原上
你经常会遇到这样的人
他们会一把将你拽住
眼神怔怔,急切问道:
你知道去猛虎村的路吗你知道
去猛虎村的路吗——
让你感觉仿佛白天撞了鬼

选自《山东文学》2019 年第 10 期

像只蜂鸟一样生活

陈小素

它在飞
从一片阳光　到另一片阳光
从一片叶　到另一片叶
从一朵花的蕊　到另一朵花的蕊

它飞得那么快　偶尔短暂地停留
让你看不清它的来路　和去处
迅疾的样子　像闪电

它那么小
小到好多年一直疏忽了它的飞翔
疏忽了一种发现：世界也太小了
小至它的翅膀可以覆盖整个春天

选自《凤凰》2019年上半年刊

时光流淌,春天的快与慢

陈子弘

这时候说应不应该是不是十分可笑?
把问题藏在问题里,狡猾思绪穿上惯性花衣,
好吧,既然你那么想赢,那就算你赢好了,
四处打望,你也不一定看清了未来的东西。

蒹葭、香蒲、茅草,我真是有些分不清了,
你用诗经中白茅的荑在我的胸口刺青。
时光暂无意义,故事背后的故事在烘托,
都以情感来表现,那习惯的世界咋个出席?

注入清晰的元素,放慢脚步,重新评估,
设想一个空中花园,设想一个肤浅的白日梦,
诗之外,也别无其他任何爱与恨的加减乘除,
Don't panic! 更好地抵达不是为了更好才抵达。

另一个声音唤醒我,以梦为马的驿道,
到底是抵达前的离开,还是离开前的抵达?
寒风阻隔了不能对焦的夜景,春雨温柔如刀,
那些言语,那些孤独的言语,无惧流年和死期。

选自《山花》2019 年第 1 期

路边棋摊

陈巨飞

下班后,很多棋子现出原形
谈论着股市和宫斗剧
被锯断的梧桐树下
两个人厮杀到紧要处

中年汉子站着,左手夹烟,他的相阵亡了
埋在彭城的责任田里(刘邦)
但他还有一匹乌骓,在棋盘上跳跃
楚河边,有人唱起——
"看大王在帐中和衣睡稳"

一个老者在另一端坐定
他的车已迷路,炮也哑火
光头老将甚是清闲,回迁房里
他来回踱步,催收房租

花家地西里,春天还没到来
一个卒子,坐上高铁,越过汉界

选自《江南诗》2019年第4期

闷棍记

陈先发

晨遇一犬在空地上狂吠不已

它一刻不停地扑腾、撕咬
转瞬间又垂头丧气
它的前方,始终空无一物
它机警地闪来躲去
仿佛空气中真悬着这么一记闷棍

我试图去理解它。我
蹲下身来
将眼睛降至狗眼的
高度,依然一无所见
我试图去和解……那些年
在我自己的绝境中

藏青色的黎明。秃枝荒草安静
露珠安静
我试图制造出一个像我一样
的旁观者,抽着烟
听自己吠叫
以狗眼观世
贴着空地旋转的风,又贴着我的脸旋转

远方……和闷棍，都已不知所终
又仿佛仍悬在那里
需要有人痛苦地向它致敬

小狗应当直立起来与我相遇
我也可以温柔退入它溅满
泥迹的、又黑又亮的皮毛之中

选自《草堂》2019年第9期

途 中

邵骞

擦拭车窗,退却的雾气使离别的城市
弥新,折叠旧有的感情,备份到记忆,
这样预示将有来日的重逢与铺垫的惊喜。

潮水,退回它贝壳的心窝。变化之中的
月亮,捉摸不透自己。而我们,总是
河流的异乡人,返回其实是逆流的悖论。

在我们姓名的背面,是一个个盐粒般
坚硬的小城市,或者月光下凝固的乡村。
冲刷淘洗过后,钻石般凝结。倔强的堡垒。

风中的城市,街灯闪烁,天空尚未擦拭的
泪水翻覆出黄昏的热浪,它们,滚烫的
眼睛无声地盯视我们,是时代饲养的野兽。

穿梭,过林中空地,过平原过山岭,过那些
不知名的桥梁与河流,交叉的际遇不可言说。
试图摆渡云层平流的安稳,让富余的波浪

在释放中一次性拧干。可色彩光艳的狂澜
挽住我们,虚无的轨道引过我们,去向

更繁盛的虚无。迷途，推开镜面里的故地，

逡巡，失去姓名之物的重命名。而落日的
背后，神迹嘶哑而荒废。苍白的明月打理
天空的余烬，途中乡野的孤灯兀自穿越黑夜。

选自《诗林》2019年第2期

对 手

邵纯生

从未淹死过人的河不敢自称为河
这样的河,让淹不死的人深瞧不起
——今夜我必须蹚水过河,今夜
月光下河水泛滥,大约一万朵浪花
冰冷地欢迎我葬身其腹中
以此宣示好斗本色,报复我的诅咒
我知道遇上了深藏不露的对手
这条河潜伏在此,等候我已有些年月
趁立冬之日,它欲拿我的命
给同门正名。我无话可说
乘人之危与淹不死人都叫不屑
对岸依稀有草木摇晃
坍塌的坟头传出喑哑的恻隐之声
我羞愧于时至今日还不懂得
相互间成全,忍让和妥协
我脚趾犹疑,目光迷离
在与河水的对峙中搜寻因果

选自《草原》2019年第9期

我一直在赵国

青小衣

这些年
我一直在赵国
教书、煮饭、写诗、做梦
守着两个男人

偶尔,也去其他六国走走
看看想见的人
我走到哪儿,都带着一小部分赵国

我带着它坐飞机、火车
让它在地上跑,天上飞
最后,再带着它回来

我知道,不能把它丢在外面
那样,赵国就有残损了

如今,我在楚地
想到赵国
我抱了一下自己

选自诗集《我一直在赵国》
(花山文艺出版社,2018年11月版)

旧梳子

青蓝格格

它在过滤时光的同时,
也过滤了一个女人稀薄的身体。
每一次将它拿起,
就是每一次将它放下。
二十三年前
它拯救了一个女孩全部的美。
——如今,它陪伴着她一起神奇地变老了。

仿佛人到中年的名字,
只有一个。
它的名字也只有一个。
我在它的前面加上一个沉重的"旧"字,
仅仅是为了逃避一场隐喻。

这场隐喻并不比时光的倒影
显得更真实。
但它一定离她更近一些。
它更接近她腐朽的裙子和情窦初开的爱情。
又一个十二月就要结束了,
又一个一月就要开始了。
一些事物退场,一些事物重新进入生活。

今后的时光里,这把旧梳子的命运,
会不会变得让我们更吃惊?
它能否存在到一个女人,
为了诠释生命的隐喻
削发为尼?

选自《中国作家》2019年第3期

还有什么

茉棉

当然,它是从那颗炽热的恒星出发
穿过大气层,阳台护窗的玻璃
阳台与客厅之间的玻璃
将圆桌的影子投射在木柜上

没有什么比光的行进更快
没有什么比爱的消逝更快

一张精确的地图——
互不跨越的路线
互不联系的阿拉伯数字

我抱着我的影子:
再无可弃之物了

选自《诗潮》2019年第4期

心灵的恐慌

林莽

飞机在跑道上快速滑行
我下意识地抚摸内衣里的玉观音
机翼搅动巨大的气流
送我们升上高空
有时我想　此刻的飞机上
会有多少人同我一样在祈祷着众神

记得少年时　我从不愿意
坐在他人自行车的后架上
骑车人完全遮住了你的视线
车轮滚动　摇摇晃晃
不安　总会在心中油然而生

一次在疯狂行驶的出租车上
当我阻止了司机的劣行
车停在便道旁　我突然领悟了
内心的恐慌是来自无法自控的
被未知和他人所主导的生活与命运
而现实中我们日复一日地活着
惯性和麻木
甚至让我们忘记了心灵的恐慌

选自《人民文学》2019年第4期

距 离

林东林

这是我们的第二次见面
你出差了,来到我所在的城市

坐上出租车,我们
从火车站,穿过大半个城区
到达我的楼下,吃饭

然后上楼,喝茶,说闲话
间歇沉默。上一次没有逾越的
这一次依然没有

最后送你下楼,打车去旅馆
我转身,进小区,回房间
这突然而至的空旷是否
也正如此刻,你车窗外深夜的街头?

坐在你坐过的塑料椅上
才发现,你面前和我面前的
那两只玻璃杯子
仍在以沉默的方式进行着交谈

选自《长江文艺》2019年第1期

我的自在,都从远方归来

雨倾城

我好想要安静
最好是在庙宇前,小溪旁
最好溪边有石,石上有草,狭窄的山路弯弯曲曲
有着寂寞的形状
最好故乡很远,树上繁花次第飘落
也不惆怅
最好太古白云问答,每一声咳嗽渗出苍茫
最好隐身情诗,暖风迟日,一枚松子,三两白酒
平仄横穿山水
最好沉默,破晓之后,我的自在
都从远方归来

选自《江南诗》2019年第2期

水仙花

尚仲敏

我和你一样不耐寒
心一冷就死,渴望阳光
内心藏不住秘密
被所有的人一览无余

你美得如此短暂
美得让我措手不及

我凝视你时,就算你不说话
我也知道你的心思

我一个人说,你听着就是了

我喜欢你,却不能为你写诗
因为我所有的诗只献给一个人
一个风雨中站在大门口
等我回家的人

选自《星星·诗歌原创》2019年第3期

纸飞机

罗燕廷

在儿子手中对折
翻转,再对折
对折,再翻转
扁平的报纸便有了美的形状

飞机的棱角,也开始显山露水
只一会儿,一张旧报纸
就完成了它的蜕变史

儿子手一扬——
一堆旧事,两位总统,几起爆炸案,一场金融风暴
嗖一声离开了地面
那么轻盈地在空中飞呀飞

选自《星星·诗歌原创》2019年第4期

饮茶记

金铃子

她给我们泡了一款储存了60年的茶叶
取名甘露
她小心翼翼,像泡她自己
60年前的春色啊
茶香在唇边,适合久别初聚
或者像微电影,一见钟情
适合在折叠的屏风旁、藤床上,我们私语

那个叫甘露的女子
在杯中伤春,如同伤感我的诗歌
这乏味的人生
总在留白处,江河寂寞
总在浓墨处,如明月山牡丹的落花
落呀落的

他举起茶杯,说:嗨
他和谁打招呼,难道与甘露是旧相识
我竟一无所知

选自《诗刊》2019年10月上半月刊

墙圈里15号

周西西

沿着田埂一直走下去,就像走在
往回的时间里。禾苗、野草、麻雀纷纷避让
去年的稻草人衣衫褴褛,装聋作哑

填埋断流的小河边,我找到了
身份证上的地址
这个赐予我姓氏的地址,我向它打听
故乡和亲人的下落
这个被流水洗破的地址,被挖掘机埋葬的地址
温度越来越低的地址
用青黄不接的稻粱遮住了脸的地址
水缸接不住雨点的地址
生活、爱以及假设都无法返回的地址
如果有一天,我老无所依的地址

这个月光也叩不着家门的地址啊,你要容得下
一条无家可归的狗
它的低吠,带着呜咽,带着和我一样的墙圈口音

选自《草堂》2019年第7期

河水的命运

周园园

下午,阳光很烈
错过安河桥站
便在红山口匆匆下车
很长时间以来
我都在午后出门
天黑透了就原路返回
玛格丽塔的馅饼总有凉的时候
我在桥边等落日
或者洒水车的雨花
忙碌的人踩着叶片漏下的光点
从这里到那里
最悠闲的人迈着最细小的步子
但那人不是我,我知道
红花谢了,紫花开
我还要赶很远的路
去远方,告诉那里的人
河水的命运就是我的命运

选自诗集《银花戒指》
(团结出版社,2019年7月版)

抱着吉他过冬

庞培

桌子被静静地推向深夜。
某种孤寂一动不动压着灯罩,
思想——早在木工刨制这张桌子以前
就已完成。如果他当时未能把一根榫头
嵌到适当的深度——
我不会抱怨他的手艺,
相反,我欣赏这一切:
如果这时有人敲门,如果他
四处寻觅,我准备怀抱着吉他过冬,
在一间空荡荡的屋子里。
"道路的屈辱……"
道路的屈辱,被雨水冲洗得干干净净,
露出石头,和发过誓(但无人记得)的坡道的斜度,
露出青湿的草叶、受苦的群山
以及平静的、仿佛大权在握的海洋——

选自诗集《禅茶诗季》
(光明日报出版社,2019 年 5 月版)

仲夏夜之悲

夜鱼

楼群间隙里的月亮
短暂明亮，让人愧对
太阳照常升起，让人愧对
诗歌不能背负什么，让人愧对
除了汹涌的愤怒，就只剩下愧对
咀嚼着的成人，愧对所有
吸吮的婴儿
戳进娇嫩皮肤里的针头，愧对钢铁
如果针头能收回，别拿它写诗
让它深深扎在
人类的病历簿上

选自《凤凰》2019年上半年刊

与神灵书

育邦

我奋力攀爬,登上砾石与积雨云铺成的山顶
你依然永恒,四处张望,无所事事

我与世界争论,你不屑一顾
我与尘土作战,你是站在台上冷漠的看客

你没有灵魂,轻浮地在云朵和飞行器中穿行
我从绝望中攫取,重建一个忧伤却激荡生命存在的盛大时光

我如此卑微,且来路不明
你高贵,却不懂得死亡

我在黎明前恸哭,长歌招魂
你享受祭献,不知羞耻

作为偶像,你坍塌在虚伪的神殿和虚无的时光中
我的花朵将在黑暗中盛开,如同节日,释放拘禁日久的绚烂

选自《花城》2019 年第 2 期

边界酒店

郑愁予

秋天的疆土，分界在同一个夕阳下
接壤处，默立些黄菊花
而他打远道来，清醒着喝酒
窗外是异国

多想跨出去，一步即成乡愁
那美丽的乡愁，伸手可触及

或者，就饮醉了也好
（他是热心的纳税人）
或者，将歌声吐出
便不只是立着像那雏菊
只凭边界立着

选自《诗刊》2019年7月上半月刊

空 白

封延通

有时候,你盯着一首诗的边缘看,
看着看着,就看到了
大海,天空,和界限。
大海里空无一物,
天空中满是大海,
界限内全是阴凉或经文,
界限外全是遮蔽,情绪,和标点。

有时候,你盯着一首诗的边缘看,
看着看着,就看到了
定义,道理,和语法。
有人在下雪,有人在数数,
有人输光了技巧只剩下一块石头,
有人暗藏血色,平步青云,亡命天涯。
有时候,你盯着一首诗的边缘看,
看着看着,就看到了分寸,
就内心遇难,魂飞魄散。
有时候,你看着看着,
就看到了一扇门,
很多人扭身进去,但吱呀一声,你走了出来。

选自《星星·诗歌原创》2019 年第 4 期

雪中词

赵琳

往年,父亲谈到第一场雪时
多半把木柴堆放在老屋子
把一盘老磁带放进旧收录机
把一把猎枪擦拭干净,等待天明……

今年,他打来电话
谈到第一场雪时,问候完年迈的祖母
又说起了雪天带我去地窖取冬藏的萝卜
带我去风月弥漫的林间打猎

那时,父亲是远近闻名的猎户
自制的猎枪足以打倒一头野猪
但这把猎枪藏在地窖,枪管生锈,寂寞已久
它光辉的时刻消失在灰尘里

父亲一直在新疆重复着与猎户
无关的工作——泥瓦匠
而我还会在雪天,独自去林间拾柴
多半时候,看到林间积雪茫茫
那里,站着一个孤零零的人
像我的父亲

选自《诗刊》2019年8月下半月刊

时 间

荣荣

那些事　我没有想明白
有些很久了　也有眼下的

我盯着挂钟　时间仿佛不动
只要时间动了
事实将在它转动的间隙
露出玄机

虽然我跑在了时间的前面
像是我的焦灼在跑

而镜子照过来时
我又看到衰老跑在了前面

我不承认　我与生活的不和
全缘于无法和时间同步

选自《浙江诗人》2019 年第 2 期

岁 月

胡弦

那是属于它的岁月,一种崭新的教育
重新定义万物。
空气中,惶恐的信号消失了,
大野恢复了从容的气息。
季节转换,在纤夫的号子和船歌里,
没有迟到者,也没有走得紧迫的光阴。安乐,
像宜人的事物,面目清和,充满趣味。
——所谓繁华,就是总有新的开始,就是
砚台和竹管凉凉的,但激情在研磨,且墨已知道
温热、河流般的笔画能描绘什么。
城池稳固,民谣飘荡,烟花满足于把握住的一瞬,
最好的瓷器已被烧出,那火
是喜悦的,不能用于沉思,因此才有
新雨后,天空般的颜色从其中滑出。
大门开着,大道宽阔,彩羽春心葳蕤,
而顺着波浪,总能找到酒肆、戏台、唱腔、
舒卷的水袖。
如同生活在答案中,所有问题都像小小的漩涡,
已被流水随手解开。繁华,一程又一程,
无穷尽,一座青山做了上阕,必有
另一座青山愿意做下阕。
在那属于运河的岁月,那么多的东西与它相伴,

当它浩浩荡荡，强者有力，天地震动
当它涓涓静流，春风柔肠，软了腰身。
长河入天，锦绣入针尖，
桨声灯影，山河的绚烂正当其时。

选自《草堂》2019 年第 2 期

到万物里去

胡澄

到一棵树里去
做它的枝条
感受阳光、雨露、雾霾和风
落在上面的细线般的积雪
——那令万物躬身的力量
到一根草里去
感受蹄子、皮靴,踩下来的感觉
那新鲜的刚落下来的牛粪
有着怎样的温暖和欢欣
到牦牛的冬天里
做它那嚼着草根和沙子的舌尖
到伤口里
感受那刺破的血管喷薄而出的血
如何地呜咽
到轮椅上做那残肢
感受他如何地想站起来
到棚屋区、到桥洞里……
到被践踏的生命内部
咔的一声折断
又渐渐地拱出地面

选自《草原》2019 年第 3 期

阅读者

胡理勇

台风,一个粗暴的阅读者
阅读群山
阅读大江大河
阅读城市,阅读乡村
一目十行之速
摧枯拉朽之势
激情澎湃地读,热血贲张地读
读着,读着,为之扼腕
读着,读着,呜呜而哭
像一个虚弱者,需要进补
像一个饥馁者,需要热量
目光所及,手之所到
精华被攫取殆尽
饕餮过后的杯盘狼藉,触目惊心
留下遍地哀鸿
留下形影相吊

选自《江南诗》2019年第5期

缓　慢

南子

我要在持续的仰望中
看到一颗星辰的孕育和最终消散的一瞬

我要用流水给马配鞍
把鸟羽摇向云端

我要在世人交换银两和体液时
交换你我的沉默

我要用有限的生之力量
像地鼠那样掘开生活焦虑的根

我要在这个时代与你同时加速
——但是我生着缓慢的病　从不抵达

选自《中西诗歌》2019 年第 1 期

一粒沙子

南书堂

风吹得像拿走了佣金的打手
我被推搡着,像在受刑
我知道自己身有原罪
但不至于急于回家也列为一宗

而被吹得无处可逃的一粒沙子
情急之下,却像找到家一样
躲进了我的眼睛

——那可是我泪水的家呀
岂能容下一粒沙子
自然地,它被驱逐了出来
如同我时常遭遇的情形——

我不能阻止自己的眼睛、泪水
就像没有谁能阻止这阵风

兄弟,对不起了
更多时候,我并不比你好到哪儿去
更多时候,我也只是稍大一点的
一粒沙子

选自《诗刊》2019年9月上半月刊

柏林来信

柏桦

在柏林，Kumiko 家的花园里
我见识了一地嫩绿的核桃
那天下午，凉气感人、室内安静
我们畅谈着生活……
从一册书里，我们甚至找到了
日语中精致的白居易

突然，她老年的眼光美极了
正迎向今后岁月的某个人；
突然，天色转暗、寒风叩窗
一位年轻的注定要来的中国人
他为我们带来了朗读
带来了更多的风景与前程……

选自《山花》2019 年第 4 期

落日赋

树弦

一生需要经历多少朝霞方可浪漫如李白
又需要看过多少落日才能坦然
犹如湖心亭看雪的张岱；粮食不需再酿酒
菜园的蒜苗，青菜，莜麦菜，空心菜
透过光秃秃的梧桐树望向落日
被分割的阳光来不及留下恩赐就消失殆尽
充满怜悯主义的孤峰，撕碎一片云
而终不能拨开云雾，或许，落日的轨迹
就是浪迹天涯的书生手握的地图
仿佛一切都近在咫尺，又远到万物难生
这一生，最煎熬的是追求落日
而放弃了一座菜园的春夏秋冬；
认得李白浪漫、知晓张岱洒脱又如何？
这一生，我的孤独，莫过于有地不会耕
把蔬菜的名字张冠李戴，常常需要
借助植物图书辨别周遭的草本

选自《十月》2019 年第 3 期

夜 蝶

哈雷

墓地总挨着教堂
教堂也喜欢挽着墓地
上帝和人之间
隔着死亡

天堂的路原来那么近
并没有人愿意很快抵达
就像面对一杯香浓的咖啡
你会一点点缓慢地品

我们不可能一口吞下等待已久的东西
但我们会突然离去
突然倒在信仰的路上——
在教堂和墓地之间

我并不惧怕死亡
但我憎恶有信仰的愚顽
它会像成群的夜蝶从墓穴飞出
覆盖了教堂和鲜花

选自《天津诗人》2019年秋之卷

孤独的湖水

剑男

我爱孤独的湖水,在高高的山上
活在自己的平静中
我爱神秘的力量把它放置在山巅
像神的一面镜子,只映照高处的事物
我爱它不自损益,安静而丰盈
我爱它安静中偶尔也映照人间的幻象
清亮、无源,长着普通的水草
养育着凡俗的鱼虫
也让我在其中看见沾满尘土的自己

选自《诗刊》2019年9月上半月刊

饱蘸雨意的蔚蓝

施茂盛

最为炽热的,是折返途中的麻雀,
它们的鸣叫已融合潮汐的和声。
暮晚以地形学的构架支撑起青冈的脊背,
随后又携带尘埃汇入置顶的那只陶罐。
群山滑向天幕的那一刻,
它的露台现出另一侧的雕栏。
旁逸的海棠,饱蘸着雨意:
潮水暗自涌动犹如律法。
这侧漏的月色有着颅骨内的蔚蓝,
只有杉树林凝聚的冷寂才与之匹配。
斜坡上,一座风团擦身而过。
我看见我的屋宇悬滞着,
一只翠鸟从我脚下的枯荷跃起。
进入辽阔之前,它已如愿。
在湖泊环绕的墓地,我俯瞰着;
自此,我认识了这座星球的边界。

选自《江南诗》2019年第3期

想和你在爱琴海看落日

施施然

是的,就是这样
把你的左手搂在我的腰上
你知道我愿意将最满意的给你
手指对骨骼的挤压,和海浪的拍击
多么一致。在爱琴海
你是现实,也是虚拟
海面上空翻滚的云,生命中曾压抑的激情
像土耳其葡萄累积的酒精度
需要在某个时刻炸裂
相爱,相恨
再灰飞烟灭。原谅我,一边爱你
一边放弃你
鲸鱼在落日的玫瑰金中跃起
又沉进深海漩涡的黑洞
那失重的快乐啊,是我与生俱来的
孤独

选自《诗歌风赏》2019 年第 1 卷

摇 晃

姜华

一朵花儿开了,另一朵花儿谢了
桃树摇晃了一下

一枚桃子熟了,另一枚桃子落了
大地摇晃了一下

儿子出生时,妻子摇晃了一下
父亲离去那天,乡下老屋摇晃了一下

现在只剩下我,和年迈的妻子
怀抱夕阳,摇晃在这冷暖交集的人间

还有些征兆,可能也适合比喻
我的摇晃停止了。那是后来的事

选自《重庆文学》2019年第2期

美学课

姜念光

你看,这个战士刚刚跳跃到最高点,
头发后掠,野草忽明忽暗。
你看,他双腿如弓,充满了张力,
胸脯把青春挺成了半圆形。
他的助跑,一定非常快,
所以他端着的步枪背带飞了起来。
还有什么更美的曲线,
能够呈现,那种细致如绳的机敏?

你看背景,有群山,山谷在大口呼吸。
这可能是他的第三百次跳跃了,
可能,是又一次铤而走险,又一次冲锋,
所以让我们的双腿,也不由自主地弹动。
在这里死亡变轻,胜利也变轻了,
所以,这完全是一次接近永恒的跳跃。

你再看他热烈的、奋勇的表情。
虽然看不到他的虎牙和清澈的眼睛,
我们却能够忽然想到一瓶农夫山泉。
他多么年轻啊!他调皮的嘴角!
他虽然是我们的祖父,看上去却像我们的弟弟。
如果非要说,这个英俊的跳跃还缺少点什么,我们可以让他嘴里咬着一朵野花。

　　　　　　选自《诗选刊》2019年第7期

林 木

津渡

一棵树挨着一棵树,一棵树挨着另一棵树
像一群盲人站着,伸出手臂
摩挲着对方,附耳低语
有时候,也许会是另一种境况
需要更加耐心地辨认,抚慰
即便它们相距遥远,也能从转动的日晷与阴影中
感知彼此的存在

选自《汉诗》2019年第1卷

布谷鸟在秋天叫什么

柏铭久

难道这个季节还有人没有播种
蓝天在头脑里洗牌巴茅穗红得像花
老葵花还守着自己打光棍

还不算晚,开一片空地
撒下种子不久就长出一片菜秧

林子里到处一片金黄
流蜜果实就要坠地
像是一再提醒
不能忘记的
在大雪到来之前
思念在思念的羽毛里筑巢
孤独在静谧的光中独自收藏

选自《汉诗界》2019 年第 5 期

池塘札记

举人家的书童

池塘默不作声
不知我为何到来。我也不知道
站在这里
究竟要看它什么

风吹过来的尘土
全沉下去了
它恢复了早先的那种寂静
涟漪也再次抹平

仓皇飞远的鸟叫
散了。都散了
它们还不具备
制造出各色新涟漪的能力

夕光透过红黄相间的乌桕
打在水上
反光,就像造物主
现身,决定趁机与我面对面

选自《诗刊》2019年2月上半月刊

占卜者

宫白云

嘴里念念有词
掐指算计着人来人往的前世今生
仿佛通晓所有的因果报应

而我也曾三生有幸
在另一个往世花好月圆
和爱我的人放牧过羊群
一起制造蜜糖、欢愉和传说

西风起,占卜者嘴角一圈光晕
我极目搜寻那片好看的山坡
一行泪水不知为谁所倾

花朵在自己的花蜜里打坐
虚妄蹲在自己的牢笼
占卜者蹲在自己的摊前
占卜别人的一生

太阳落山了
黄昏很美
美得我无从描述

选自《诗选刊》2019年第7期

孤独的你

祝雨

孤独的形状就是
这房子的形状

孤独的大小就是
这房子的大小

孤独就是
这房子

这房子
是你

选自《汉诗》2019 年第 2 卷

蝴　蝶

姚辉

一小部分春天　朝南边飞过去寸许
就变成了　夏天——

翅膀依旧是新颖的　沾着
露水　然后再沾上西斜的霞光
以及星辰之影

风将翅膀挪来挪去
但却无法将它移到月亮背面

谁在反复遗忘？四月还是八月
最适合我们幸福？

歌声被染成往事的颜色
一小片土地
在风中　飞翔

选自《人民文学》2019 年第 9 期

乱花飞絮迷人眼

娜仁琪琪格

我心潮翻涌,而后是整个生命都在
漾动起波澜。
那些潮水,不可截止地涌上双眸
此时,我面对的是
我画的一树的丰饶——

我举着画笔,在画布上描绘色彩
饮醉的蓝色水面上,探出一株素白、淡粉
淡紫的——花树
它们纷繁起来,越来越浓密
我就闻到了花香。

我的生命里涌流起花海
我知道,我撞了花魂。
它们不断用香气把我围绕
那些交叠,浓密与疏离。
"乱花飞絮迷人眼"这句话
被我一说出口,泪水就冲出了
生命的堤岸——

花啊,在尘世
哪个美丽的女人,不曾有这样饱满的青春?

相逢的人
谁不曾被香气陶醉、被美浸染？

　　　　　选自《诗林》2019年第4期

我珍藏疼

袁东瑛

夜晚,捡起碎银一样的风
去打造了一枚寒光
我就借用它的锋芒,刺一刺自己
感觉身上有无数个痛点

多少年了,我已经忘了那些痛点在哪儿
有时疼醒了,我还习惯地晒晒幸福
那种感觉,有时和幸福很像

都说幸福来之不易
疼也是

我珍藏疼,像珍藏着一笔财富
有人不敢炫富,我不敢喊疼
生怕,一旦走漏了风声
就会有那么多同情的手伸过来
把我,变成乞丐

我更怕,此生还不起
那些善良的馈赠

选自《深圳诗歌》2019 年卷

戏 词

耿翔

安静得像庙里，不会走动
也不说话的神。装满眼睛和耳朵
还是那些听老一生，听得骨头
只剩下疼痛的，戏词

坐在板凳上，星空稀疏
也没有他们荒凉的，头顶稀疏
一些手，苍老地抓住另一些手
像抓住揪心的，戏词

天地入梦，被乡戏在夜晚
吞没了的村子，还醒在戏里
他们老得不能打铁了，也想
打出铁一样的，戏词

今夜的神，不在戏里
这些还能走动的人，就是心里
有戏的神。他们腐朽着的骨头上
刻满不朽的，戏词

选自《诗刊》2019年2月上半月刊

当一个人老了

耿占春

当一个人老了,才发现
他是自己的赝品。他模仿了
一个镜中人

而镜子正在模糊,镜中人慢慢
消失在白内障的雾里
当一个人老了,才看清雾

在走过的路上弥漫
那里常常走出一个孩子
挎着书包,眼睛明亮

他从翻开的书里只读自己
其他人都是他镜中的自我
在过他将来的生活

现在隔着雾,他已无法阅读
当一个人老了,才发现
他的自我还没诞生

这样他就不知道他将作为谁
愉快地感知:生命并不独特

死也是一个假象

选自《江南诗》2019年第1期

蝴蝶结

聂权

那名女清洁工
她胖,肥胖使她气喘
不健康,她总是步履蹒跚
她穷,不晓得她怎么养活儿女
四层楼的清洁一个人干
一月只得两千五百元
一月只得两千五百元
还被借故扣掉二百元
"这活儿没法干"
她辞职五天后,又被楼管
喊了回来,他承诺不再扣她钱
北京,很难用这丁点钱
雇用其他的劳力

她活着像个笑话,但是你看
她的那把扫帚,工具间里
柄上扎了一个蝴蝶结
粉红的,很漂亮
像是要飞起
是一个美好的少女
头上戴的那种

选自微信公众号"王单单和他的朋友们"

海　湾

聂沛

神创造了蓝色的虚无
怕我们知道的东西太多
用一波又一波的浪来推进
大海不容置疑的美丽
还让风吹过洁白的沙滩
绵延起伏的红树林
以落叶暗示生死缘由
可以有爱，也可以有恨
如果理不清，还可以爱恨交织
谁走过一条小径，谁就可以让它永无尽头

人建筑一间间石屋
安放仰望星空时
小心收集的一点点宁静
可以没有赞美诗，没有
赞美诗的朗读者和聆听者
但可以有人的干净与单纯
酒醉深处开始下雨
岩壁长着三三两两眼状的苔斑
接近一种鱼形的忧伤
我说是鱼形的，因为我会博得大海的同情

选自《天津诗人》2019年秋之卷

柿子树

夏午

柿子树在河岸边唤我回去,用它熟透的果
用它体内甜蜜的黑暗。

我在那儿度过童年。
我在那儿停止生长,我在那儿——

一直是儿童
踮着脚,去够一棵柿子树
它未熟透的果。

选自《草堂》2019 年第 3 期

黑暗中

晓雪

桂花正开。浓香淡了,
淡香又浓。此岸疏通,
彼岸又堵上了。

黑暗中,微风频繁暗示,
花粒解胸顺从。不能说出的
暗喻,如同接受了男人表白的
爱情。

当晚,有人蹲在树下,
向另一个人叙述:因热爱桂花的
香味,而被它温柔的重量
杀了一次。

选自《江南诗》2019年第4期

岳阳楼记

哨兵

蜡像馆外。老师引一群孩子
围洞庭湖教那篇古文

馆内。李白挨着杜甫挨着韩愈挨着欧阳修
也挨着文天祥挨着辛弃疾,挤在课堂边

若有所思。多少年了
唐诗比肩宋词,还聚在岳阳楼做旁听生

选自《人民文学》2019 年第 9 期

六个影子

徐庶

一盏灯下,我有三个影子
而一排灯下竟惊奇地发现
六个影子

忠实伴我,无意叠进我
像时间和空间之间
永远无法和解

他们高低不一,着黑衣,面无表情
脚却与我踩在一起
仿佛来自六个朝代的前世
而我,对他们的身份竟一无所知

也许,他们以某种神奇力量存在
天亮之后不知所踪
或有另一种,不可告人的生活
只有光,能逼出他们

——看得到,并不交代,像一个个
相识多年的陌生人

选自《扬子江诗刊》2019年第1期

晨有露:致珍珠

徐俊国

晨有露。万物找回了昨天的心。
花瓣似汤匙,盈满浓稠的喜悦。
白头翁来吃我的葡萄,我唱歌给它听。
花栗鼠来啃我的马铃薯,
我送给它雅姆的诗句做晚餐。

晨有露,高处的事物
慢慢获得了慈祥的资格。
低处的翅羽缩回壳里,
顺着藤蔓落回根部的疤痕。

八月抻高了蓊郁的树冠,与清风齐眉。
天上那光辉从密叶间落下来,
在鸽子的背上散成珍珠。

选自《扬子江诗刊》2019 年第 3 期

大衍术

凌晓晨

神思通行的地方,意象一路开花
暗物质以及暗能量,跟随思想的波动
一步一步,走上彩虹架构的桥梁
黑暗到达黑暗,虚空瓦解虚空
万物的弧度,盈握在一只巨大的掌心
甚至是一个微小的团粒

阴与阳,开与关,在穹顶之内盘旋
一种关系,两个落实的地点
我在思维,你在实践,明与暗
对影皆成镜像观念,数据
如同蚁群的洞天,形式等于内涵
持久的温度,缔造一场爱需要的因缘

草木可以窥视从前,也可以知道
你心中的惦念,如果无思无虑
只有纯洁无比的雪原,覆盖四野的苍天
动念演化世事万千,如同一次事件
面对流水的改变,意象树立
星体的旋转,会被疾行的时间揭穿

选自《汉诗界》2019年第5期

自然之况味

高粱

在阴沉的,混合着煤尘的雾中
柳树的枝条,泛起浅绿
这是自然的安排　但我的心
还是跟着柔软。似乎已经闻到它嫩嫩的
清淡的香气。我想得出
它披着绿色的长发,在风中
荡漾。仿若波涛阵阵　这大海的每条溪流
成为我的中心　天空向它俯身
群山向它倾斜
风中浮着新土的鲜腥,剖开的树木
凛冽　粗犷的香
我了解泛绿的树木中
古老的岁月　宇宙也由它构成

太丰繁了,以至于
我要简略。一切都可归于虚无
我洞见虚无的,精确的秩序

那抽象的,需要幻象来表达真实
比较而言我更爱一棵柳树。它不是中心
但它可以是

选自《诗歌月刊》2019 年第 4 期

低头者

高若虹

如果双手合十　举在胸前
再裸露出半个臂膀
他就是一个苦心修行的僧人

如果膝盖顶着低垂的头　身体蜷缩
他高于马路牙子的身影
像极了折叠起公路　铁路　汽车和火车的一只拉杆箱

如果倒背双手　衣袖里装满泪水
佝偻着背的暮色　喘息的急促　苍老　沉闷
他不是低头生活的故乡　就是低头走路的乡亲

一个遗传了低头基因的人
一个一生只给别人低头的人
为了祈求硅油　惰性气体给开孔的视网膜打上补丁
他的头颅第一次有了为自己低下的姿势

鞠一躬吧　向被你亏待了一生的眼睛
道歉　宽恕　致敬　还应该泪流满面

选自《草堂》2019 年第 3 期

渔 火

高鹏程

沉溺于一朵渔火
沉溺于它寒冷的光,飘忽不定的行踪。沉溺于
它照见的一平方米大小的海面。一立方米的
水下世界。它细小的脚爪向下,走着走着
就消失了。沉溺于那更深的黑和更深的冷和
更深的未知。
沉溺于一朵渔火,沉溺于它中心的
一座教堂。安静的光
平息了多少风浪?但为什么
依旧有那么多亡灵在水上飘荡,依旧有那么多的
沉船在水底埋葬?
沉溺于一朵渔火,沉溺于
你眼中的一星光亮,多少往昔、桅帆、逝水
都化成了粼粼微光
及至醒来,已事隔多年
我和你隔着茫茫的人间
我和人间隔着茫茫的风浪。

选自《草堂》2019 年第 6 期

有一次我们没带伞

郭晓琦

有一次我们没带伞。我们手拉手
在雨水中奔跑
头发和衣服湿漉漉的，贴着身子
像两条相爱的鱼　自由而浪漫

我们跟着雨水抒情的脚步奔跑
雨水洗净了我们身上的灰尘
也洗净了我们心里的灰尘
那些在花花绿绿的油纸伞下相拥的人
投来了羡慕的目光

有一次我们没带伞。我们手拉手
和雨水手拉着手奔跑
一点也不惊惶
我喜欢听你奔跑时急促的喘息
和雨水一样透明的心跳
你的小手那么热。我紧紧拉着
像拉着一朵露水里的兰花花
娇羞，微微战栗

那一次，我们比世界上谁都幸福

选自《作品》2019年第7期

锯木场

郭辉

拉锯者一上一下
成骑虎之势。无论圆的,方的
不圆不方的,都必
消受胯下之辱,切割之疼
那么多剖面,皆不见血
却露骨质,露本相,露内心里
深藏的善恶是非
在上为天,在下为地,居中则是
无所不用其极的人寰
锯齿呀,无论有锋芒还是无锋芒
都请手下留情
给木头们
或一条活路,或一个死法

选自《作品》2019 年第 7 期

喊醒一座古堡

郭新民

喊醒一座古堡
拜托满山遍野纵情奔走的杏花
有翠鸟从我心空嬉戏飞过
播下了一片欢声笑语

走近一座古堡
走近一位大智若愚的长者
它的沉默也许就是我的忧虑
它的微笑亦是故土一丝安宁

审视一座古堡
亦如审视固守一地的愚忠
审视经年已久的贫穷凋敝
阅读一部苍凉斑驳的史书

呼唤一座古堡
早起的太阳有菩提之语郑重发布
站在高过寂地的烽火台上
面朝杏花，春暖梦飞

选自《十月》2019年第5期

假日疼痛时刻

唐月

好久没如此像样的疼一次了
疼觉反则如大梦初醒。
不错,床还没有死,半个我还活着。

折腰是必须的,呕出灵魂是必须的
一朵云沥尽体内积存数十载的暴雨
是必须的……
"哭什么?天又不是第一次塌"

好吧,咬紧假牙,拒绝咽下一粒假药
拒绝交出嗓子眼儿里泡腾的一句箴言。
一切都是假的,包括井口反刍的蛙鸣
窗口含服的月亮,菜市口攒动的人头……
唯裂帛闪电一样划破长夜,是真的。

"切了吧""不,我怕……"
羊水改道有多难
太行、王屋两座乳房折迁有多难
此生从骨头里摘除一个叫阑尾的人
就有多难……

选自《安徽文学》2019年第5期

在大山行走

唐德亮

走入大山之前请你首先学会宽容
宽容一棵藤蔓,站立在路的中间
它有强烈的理由与你发生相遇

在栈道上凌空,绝壁上凌云
你不必为奔泻而下的瀑布
寻找它保持热烈和奔放的理由
很久很久以前它就选择了造化

那一棵棵枯去的老树不需要你的敬意
因为黑黑的泥土和爬满青苔的石头
记住了他们的寂寞和纯粹的青春
一块巨大的石头请你加入它的冥想
细细聆听,昆虫花鸟间春天的和鸣
如果你确实有强烈的愿望,就到山顶
或深谷里大吼一声——
看看大山的万物如何回答你
孤独而渺小的声音……

选自《作品》2019 年第 8 期

恳请你,留下我

海男

恳请你,留下我
像是一把旧壶,仍能在大炉上沸腾
微妙之语,越过灌木丛
我们又造访过了秋天
此际,已进入冬季
恳请你,保留我的痕迹
翠绿墨水般的栏杆困住了我
还好,风声鹤唳,使我缄默
天很蓝,此为书笺
地很厚,方为腹肌
恳请你,照此原貌,为自己礼赞
风,突然间来临又过去
我曾经是它们中间的绳索和缝隙

选自《安徽文学》2019 年第 3 期

城市的风景诗

桑克

我一针见血地指出时代的问题，
正如偏激的波德莱尔指出城市的问题
不仅仅是杨花的问题一样。那种又麻又痒的絮状物体，
象征的东西，不仅包括内心的烦闷情绪
或者对风景的精心描绘，还包括愚人
未曾领略的幽默感及其他。而健康的常识枝叶
面对机器颂歌合唱团的消极反应，总是让小镇风云
瞬间发生剧烈变化，无论从语气还是从行棋风格。
姑妈正用羊毫抄写冻僵的脚趾曾经抄写过的
纸条或者便签——既行无间狱，无谓恐与惧——
不必将之译成现代语文吧，聆听者即将拍摄邻居们
送别某人的纪录电影：一边争抢某人漂亮的衣裙，
一边为某人之不幸而哭哭啼啼——而其中的矛盾之处
对浑然天成的他们而言并非矛盾，
而且我所看重的逻辑问题早被酒精问题取代，
甚至多年之后，当某人从异域归来，一脸天真的邻居们
仍然不知羞耻地以恩人面目出现，嘘寒问暖——
而她哑口无言，而我痛哭不止——
人性之幽深之复杂是马里亚纳海沟同志望尘莫及的，
何况杨花仅仅是轻飘飘地浮动，就有捕风捉影的人
抒情或者为其虚构丰盛的快感。

选自《诗林》2019 年第 1 期

理想的爱

梅依然

黑色的球果
悬挂在树枝上
忍受着季节的成熟之苦
它暗红的茎蔓像蛰伏的河流
完全理解时间的意义
当人们的嘴唇落在它的上面
当爱充满它
它会将所有的种子全部献出
只有大地知道
它的痛苦和快乐的
所在之地

选自《诗刊》2019年6月下半月刊

天府广场遇雨

龚学敏

灵魂没有性别？往来的钢铁，
用塑料
拷问雨中残喘的空气。

现实的锅盔一步步演变，馅被
招牌上军屯的牛哞，逼成谎话。

石兽在雨制的口号中调整步伐，
恐惧症躺在草坪上，回忆
橄榄树，和公交车满载的怯懦。

撑伞的灵魂像是生锈的针。

旧地图上磨刀的书店，
把姓氏擦亮。那么多想要捡起自己的
雨呀，不停地抽走天空乌云的纸币。

风被大地磨得比人心还锋利，
地名成为疤痕，
远处植树的青铜，正在流水线上，
生产历史。

选自《深圳诗歌》2019 年卷

一念腊梅

崔岩

我见过许多种花,凋落时
一瓣、一瓣剥落自己
留住不舍的花心,留着残念
在风里,在雨里颤抖着掉下

而腊梅,她想开
就用尽全力开。仿佛一忽儿
就挂满了枝桠。
想要落时,她就把整个儿的自己放下

腊梅花是很苦的,她要等叶子落尽
才能开花。她要等
漫天的雪飘过,漫天的寒飘过,
才可以落下

选自《诗刊》2019年3月下半月刊

旷　野

康雪

满是露水。像所有植物
刚从同一个
噩梦中哭醒。也许是相反的
想到生命中很多幸运,至少有一次
我是喜极而泣。
我如此依赖这片旷野
空无一人。
我只管低头走路,缓慢地走。
草叶和石子
让一双光着的脚板,感觉到安全
甚至被爱——这就够了。

选自《诗歌风赏》2019 年第 1 卷

思　辨

商震

因为一声鸟鸣
我看到一棵唯恐孤独得不够的树

听到一阵整齐的蛙鸣
我认识了集体无意识的发声

看到一片飘浮的云
我理解了超现实主义的天空

想起一个女人
我不断谴责经验主义误导的爱情

选自《十月》2019年第2期

距 离

阎志

有时候,不,是偶尔,不经意间
我还是会想起你
譬如在下雪天
当雪花覆盖大地我会想起你
在一驰而过的车流中
我会想起你
如果没有岁月匆忙的交错
你还在原地等着我
还有在故乡的山冈上
在大多数宁静的深夜
我会想起你
很容易就想起你

有一段日子我很害怕时间
因为时间容易让人遗忘
现在我不再害怕了
因为我知道有时候,不,是偶尔
不经意间
我就会想起你
真的我感谢
感谢你让我还会想起
感谢让我不经意间

想起这些美好的事物
譬如：你

选自微信公众号"为你读诗"

欲　望

梁平

我的欲望一天天减少，
就像电影某个生猛镜头的淡出，
舒缓，渐渐远去。

曾经有过的委屈、伤痛和忌恨，
一点一点从身体剥离，不再惦记，
醒悟之后，可以身轻如燕。

我是在熬过许多暗夜之后，
读懂了时间。星星、睡莲、夜来香，
它们还在幻觉里争风吃醋。

天亮得比以前早了，窗外的鸟，
它们的歌唱总是那么干净，
我和它们一样有了银铃般的笑声。

我的七情六欲已经清空为零，
但不是行尸走肉，过眼的云烟，
一一辨认，点到为止。

选自《长江文艺》2019年第10期

大与小

梁文昆

小时候,
我总想写大字,干大事
做大人
去一些大的地方

现在我不会了。
我渴望小,变小
看小蚂蚁
听小情歌
过小日子

我再也看不惯大的排场
和事物,也做不了
大的梦
悲痛时,也发不出大大的哭声

选自《汉诗》2019年第1卷

面壁的老虎

梁尔源

石壁下
已心静如水
寺庙里木鱼声
不再吟唱
山下的女人是老虎

深潭似的意念中
斑纹开始消隐
绛紫色袈裟在舞动,有人
为制作大旗而发愁

默念的金刚经
正填平踩踏的那些凹陷
宴席已散
众兽走在回家的路上

森林不再呼啸
花草从倒伏中伸腰
鸡和狗的对唱
伴奏山村炊烟起舞
一个"王"字

正从额头上褪去

选自诗集《镜中白马》
（中国青年出版社，2019年9月版）

你是新的

梁红满

一场雪,下到心里
草木不说,乌鸦不说
只有田野在嘀咕

湿漉漉音符,随风起舞
一壶老酒,挂在空空的枝头
来一场宿醉吧,和雪干杯

脱落的鳞片,独自绽放
别样的美,它与春无关
它落地就融化成为新的河流

夜里写出的情书,已寄出
它会用曲线运动,找到你的方位
我的爱,是一条新的直线

我看见细长的晾衣架上,衣服飘舞
像此时此刻的我,笃定
闪着亮光

选自《诗选刊》2019年第8期

林中读书的少女

梁晓明

纯。而且美
而且知道有人看她
而更加骄傲地挺起小小的胸脯
让我在路边觉得好笑,可爱,这少女的情态
比少女本身更加迷人

少女可以读进书本里去,也可以读在
书的旁边,读在树林、飘带似的小河、一辆轿车
也可以读在我这半老男人注意的眼光中

唉,少女,多可怜的年龄和身体
娇细的腰,未决堤的小丘和
狐疑未婚的心

少女纯白的皮肤让人心疼,而且她还读书
而且还在林中
而且还骄傲地觉得有人看她

哪怕我走了,她还骄傲地觉得
有下一个人……

选自《汉诗》2019 年第 1 卷

致大河

琳子

我是你的,是你嘴唇上的一粒光
你用我染红了整个水域,染红了那些
低处的鱼,我紧紧拽着你的牙齿,往你的骨头里
拼命发芽。我是你的
是你拳头内的一条指纹,我长成你的样子
在弯曲的地方,切出伤口
放那些无家可归的支流,在春天取暖
我是你的,是你脚板上一片
灰白的指甲,我在生病的药水里
和一群生病的鱼,把止血的草药种在
浅水的地方。我是你的
是你睡眠中的一阵战栗。是落在你额头上的
一滴雨水
是你晒在夏天的一片雪花
是你身后飞起的一只,发黄的小鸟

选自《重庆文学》2019 年第 3 期

在林中散步真是奇妙①

琼瑛卓玛

在林中散步真是奇妙！
树冠在空中互望
树根在地下纠缠

人人都以为自己是孤独的
独自存活于世
和黑暗签下卖身契约
暗地里却联合到一起

而我到快活之处
依旧独自在林中散步
除了树和石头
我看不到任何人
却试图寻找人的踪迹
只有暗夜让我放松
采撷苦涩果子才能进餐

在林中散步真是奇妙
我的根碰到了他的根

---

① 化自黑塞，原诗为"在雾中散步多么奇妙"。

蝴蝶

楚天阔

我的翅膀上吊未擦干
雨起风来，招日雨来的水
经几番挣扎和差点被吹落
难得于眠歇

睡去的人都有着各种的梦境
如果要想告诉出来会变得荒唐
这深夜，没有陪伴的人
把自己关在轻薄着自己的月光里
但他并没有孤独感

又有的人
昨晚我低语了你的乃至
你的血液里流淌着春色
又与你相互花糖
并敞开了月己

今日无月，即便我的翅上尚未擦干
我也不介意再另一重夜庭
把落晚的许多放落我的春暖里
听一听蝶蛹和暮风（或南风的舟张

我的名字融到了他的名字
中我的名字没在了，这样的轨迹
是在韶光里进行的
我在前边走，老伴紧紧跟上
这样的孤独与倒入的
并无不同。

选自《诗歌月刊》2019年第5期

将会是漫山遍野的辽阔

　　　　　选自《诗潮》2019 年第 7 期

工作室

韩东

这个地方在城市边缘,非常偏僻。
到达时,街灯把林荫小路映得雪亮
又静又亮。我的工作室就在这儿
但我不会工作到黎明。
我只是很偶然地来到了这里——
就像某人的故居
和树林背后的江流一样永恒。

仅仅是把影子映在那面白墙上
就足够幸运,更何况一道铁门
正为我徐徐移开。
我不想进入到那个幽深芬芳的院子里
为时尚早。
让我在外面站一会儿或者走一会儿
走一会儿再站一会儿。

选自《山花》2019年第9期

感叹诗学

韩文戈

我有写不完的诗,就有流不完的泪水
我有爱不够的人世,就有用不完的叹息
在这无边疆土,来去着滚滚的人群
我有土地与矿藏一样厚重的苦难
就有扯不断的无奈与哀伤
我心目中,那首伟大的诗篇仍没被我写出
我心疼着的那些弱小生灵,仍在颂诗外流浪

选自《安徽文学》2019年第1期

好的……

晴朗李寒

没有烦心事袭扰,我坐在
午后的书店门前。
藤椅是好的,可以安置我疲意的身心。
书是好的,从这一行文字间
读到了苦痛,悲伤,欺骗,和死亡,
还好,这些都离我遥远。
鸟鸣是好的,它们闪耀在花园的灌木丛中,
翠绿的树叶间。
花园是好的,昨天突来的暴雨和冰雹
没有过分伤害到它们,这是好的。
这些植物的名字是好的:
白蜡,木槿,金银木,丁香,
蜀葵,鸢尾,塔松。
微风是好的。阳光是好的。
这样的午后
是好的。

拒绝喧哗是好的,婉谢欢乐是好的。
一个人坐在藤椅上读诗,
没有烦心事来袭扰,
享受安静和孤独,是好的!

选自《草堂》2019 年第 3 期

夜　读

舒婷

最具生态魅力的汉字
主动脱离装订线
有如异色珍禽
优美地翔出
它们宿夜的那一片杂木林

它们自己择伴而飞
令有限的旅程绵绵无尽
赋音乐于无声
寓无声于有形

想留住它们固然枉费心机
损害它们徒然凌辱自己
来时就来了
去时就去了

被它们茸茸的羽翼掸过
许久
我空白的稿纸
和雨霁的天空同样苍青

选自《诗潮》2019年第10期

夏日荷

曾纪虎

风物尽自然之姿,大地上
有忧郁的栖居者
荷花正模仿我年轻时的态度
云际寺中,或在郁热的树下

我似醉非醉,写过从未存在的帖子
诗书如幻梦,牵引任性的灰烬
美妙的绿之圆
离我最近的自然,它带着时间显现

山水在一处村子的内部凝聚
一人,在自己的对面坐下来
京城,骑马的人在空中,他晃动着脸
凝视你的脸面

在这一小块绿的奶酪中
在河、向下,在清凉中
水向我浸入
我有足够的水酒、农事,和红蓼沙鸥

我在落日中,余晖包容远山
寂静在面前唱起了歌

它们——
圆圆的,柔弱的,被烘烤过的忧患

选自《江南诗》2019 年第 3 期

湿 纸

温远辉

一张纸在地上,被雨水打湿的模样
好像一只灰褐色的蝴蝶
我禁不住去打量她,审视她
忽然被揪紧的心松缓了下来
哦,它不是蝴蝶,它只是一张纸
一张染上污渍的纸
我往前走了几步,又回头看了看它
眼睛一片迷茫。为什么
我的心会松缓下来,难道是因为
它没有生命吗,更何况它如此污糟
一张纸真的没有生命吗?
那么,为什么呢,我看见纸屑在寒风中飞舞
心中会无端惆怅,为什么
在一些日子,当我看见
纸张在暖火中成为灰烬
悲凉的潮水,就将我的心漫过!

选自《诗选刊》2019 年第 1 期

鹰　笛

谢克强

无须什么纪念
仅留下这截腿骨就够了
每当那个老牧人吹响鹰笛
我的心空　便传来你
抖翅翻飞的啸响

曾经　你以吞吐风云的雄姿
饮誉苍穹
谁料结局有点可悲
那是一次精心策划的谋杀
当你再一次飞上云层
饮毒的响箭从暗处射来
你滴落的血
猝然凝成一枚残阳
缓缓沉落

大地　苍茫的大地
痛苦地闭上了眼睛
为你呼风啸雨的灵魂
和一颗不渝的心
喑哑在罪恶的阴谋里

老牧人理解你
用你的腿骨吹奏悲喷的笛声
集合起一群又一群雄鹰
前赴后继
呐喊着飞升

选自《华西都市报》2019年5月11日

我一眼就认出那些葡萄

谢宜兴

我一眼就认出那些葡萄
那些甜得就要胀裂的乳房
水晶一样荡漾在乡村枝头

在城市的夜幕下剥去薄薄的
羞涩,体内清冽的甘泉
转眼就流出了深红的血色

城市最低级的作坊囤积了
乡村最抢眼的骄傲有如
薄胎的瓷器在悬崖边上拥挤

青春的灯盏你要放慢脚步
是谁这样一遍遍提醒
我听见了这声音里众多的声音

但我不敢肯定在被榨干甜蜜
改名干红之后,这含泪的火
是不是也感到内心的暗淡

选自《诗刊》2019 年 9 月上半月刊

你是我歌唱时的调音师

蓝蓝

你是我歌唱时的调音师
高音和低音顺服于你神奇的手
当我沉默，在你双臂中
我听到你心脏里回荡的钟声

我的歌词找到了我，当你
把双手插进夜的漩涡
晕眩将我带向秘密的悸动

所有我们走过的道路都是
一场暴雨的合唱
它认出我们纠缠的双脚
并一直紧随那勇敢的奔跑

梦想的终结者。休止符的乐章
我的吻，印在你肋骨的琴键上

我在数个世纪里活着，擦拭
一支来自沙漠的金色小号

选自《人民文学》2019年第3期

扇 面

甄长城

我不想说是块道场
潮湿的地衣、竹笋、獠牙新长出
赠送的人心愿破如蛛网,透着二十世纪的风雨
小半个脸依稀开着梅花

我不想说是水洼
马背上的人脱下笑容,口哨打着水漂
风一样带走那个反弹琵琶的人
溅起的水花风湿了灯芯,我半生弯腰赎罪

地道的槐树,披着杉木的头发
从泥沼中坐起来,小径伸到亭中躲雨
图章太小,像月形胎记
只容下半亩园林

我偶尔站在对面,像是那行
潦草、模糊的款识

选自《星星·诗歌原创》2019年第5期

多 余

雷平阳

天上只有一只鸟
我嫌多了
世上只剩下一个朋友住在地窖里
我也嫌多了。黑夜只允许留下一盏灯
在书房里散发微光,文字都逃走了
每本书都变成了白纸
我还是嫌多了
赤裸裸的梦境中我惨遭凌迟
利刃每割走一块肉,尘土每吸去一滴血
每一次疼痛或麻木
我都会惨笑一声,说:"是多的,是多的
它们都是凭空多出来的……"

选自《读诗》2019年第1卷

徒步行军侧记

雷晓宇

士兵在原野上，就如
巨鲸在深海里，词语在巨著中

呼号声响起！行军路上，山峰从中裂开
一条大江奔来眼底
它携带着整装待发的巨石和养育大海的盐
时而静穆，时而沸腾
一条大江，用水和盐向大地
袒露那伟大而隐秘的家族史
而江底的滚石，还有野兽般搏杀、撕咬
正是那原始的力量，为江河赋形

但水面还是平静的。片刻休整之后
士兵脸上析出的盐粒，才得以显现
他们中有人拧开军用水壶
像平静的海，顷刻间饮下一条大江

选自《人民文学》2019年第8期

中年的气息

路男

我走路时的脚步,比她快
我呼吸时的气息,或许
比她更加均匀。这清晨的阳光
如此公平地照耀着我们
从黑夜起身,来到白昼

来到这生生不息的人间
看你们庄重的模样。让我
也看到了自己最初的表情
间隔十五年,或者二十年
有高山的冷峻,流水的缠绵

其实,就这样的气息
已经足以包容世道的悲喜

让我不止一次想拥有她的清新
虽然她微笑的眼睛充满劳顿
却像一面窗户一样,为我打开风景
颓废渐次消失,她就是我的主人
陪伴在我的身边,悄无声息

选自《文学港》2019 年第 3 期

正反两面法则

简 明

光天化日下,多少投石问路的人
转而被璀璨星光照耀和指引,其实
这并非夜行者本意。对盲人而言
重要的是距离,而不是明暗

还有什么没被看穿?昼与夜,都无法
羁绊行程,和赶路的人。在出发前
它的意义,甚至远大于抵达——
或许,真正的抵达,并不存在

谁能移动光斑?蝴蝶扇动着翅膀
它努力移动自己,和身体表面的微尘
仿佛夜行者的标本,挂在半空
——路程已经过半

心无旁骛,夜长,方显路短
脚踏旁杂和纷扰,这意志坚定的鼓点
正如缝合在大地上的一条拉链
拉上它,沿途不能有丝毫皱褶

——而磅礴的日出,正是心有灵犀的人

拉开了它

　　　　　　选自《山花》2019年第9期

身体论

臧海英

我们使用它。
触摸它容器的四壁
它确实承载着我们非物质的部分

存在的证据
每次,我们指向的也只有它
当世界回到一张床上
谢谢你的身体
谢谢我自己的身体

有时也讨厌它
它无节制的欲望
以及对另一个身体的移情别恋

我们最终
失去了对它的控制力

……到了安慰它的时候了
侍奉它的疾病和衰老
看着它从我的母亲
变成我的孩子

选自《星星·诗歌原创》2019年第6期

落 叶

瘦西鸿

人们看见的　都是欣欣向荣
枝条总是蔓向高处
繁花灼热的唇　把空气吻得更空
树下独坐的少年　成为空气的奴隶
埋在自己的阴暗里

被风怂恿的蝶　从前世运来叹息
翅膀上抖动的星星
照耀多少尘世落寞的面颊

而落叶巨大的掌声
必将谢幕于　一场命运的轮回
只有虬曲的根　将寂静
深深地扎进泥土深处

　　　　　　选自《诗刊》2019年5月上半月刊

湖边的一个下午

熊曼

要穿过一排肮脏的小店
才能到达湖边
被生活用旧的妇人在剁猪肉
动作熟练且麻木
一只花猫在旁边静候着
这是日常中容易被忽略的部分
一艘船泊在湖面上
斑驳的船体显示它已被遗弃多时
树在发芽，花在开
空气中有花粉私相授受的气息
无意义的风从湖面吹过来
带来水汽和凉意
鱼跃出水面，引来飞鸟盘旋
更细小的虫子在树叶间穿梭寻觅
一棵树孤零零地站在湖边
自它诞生那日起就如此
天地不言，但动静更替
以有形或无形之物
以色声香味法示人
生命的本质是活着或死去
孤独或繁殖

选自《诗刊》2019年8月上半月刊

夜 航

熊焱

有时我从夜梦中惊醒,仿佛是远行归来
风尘灌满双腿,光影压紧肩头
路弯曲着,头顶是失重的乌云

有时在夜深处,一把刀在我胸膛磨砺
心是它的鞘。它吹毛即断
渴望饮血,以拭锋刃上的月光

有时我写作到很晚,夜一直在陪着
星辰闪耀,是我把纸上的修辞搬到了天空
灯光忽近忽远,调整着我和黑暗的间距

有时我开车穿过深夜的长街,霓虹明灭
街景一闪而逝,仿佛过隙的白驹
一眨眼就跑进了中年。愿沉睡中的人
都能在梦中获得幸福
而我只愿意与孤独同行,一起抵达天明

选自《上海诗人》2019 年第 1 期

灯塔，灯塔

横行胭脂

当我说出幸福
我就说出眼睛，说出灯塔，说出奇迹
说出久远的青春岁月的苦痛
以及漫长忍耐后突至的宁静
当我借用一片大海的辽阔濯洗风尘
又幸运获得一座灯塔的指引
当我写出海的笑声
我就写出了魂魄的重建
当我写出灯塔
我就听见语言的音乐越过了时空
当那个风中的居民
有了一座吉祥小屋

选自《诗刊》2019年2月上半月刊

春 天

樊子

春天里白云都低过山巅
春天里有过苦难的草都学会自大,它们疯长着

一匹马在春天里学会风流
一朵花在春天里学会妩媚
这些乱糟糟的树木、田野和流水,没有矜持,失去分寸
拥挤在我的窗外,各怀心事

选自《诗潮》2019年第5期

清明夜雨

樊南

雨下了一整夜,好几次失眠
我感到一种幸福
并非由于喜爱雨的情感
也不是因为其他生活中的原因
仅仅是听到雨声中的蛙鸣
来自童年
来自万物某种相谐而完整
我躺在雨水的暖流中
怀想着远处的苍茫,一两个冒雨的路人
一封年代已久的诀别信
多么轻易的,它们的呈现
改变了我心中某些温柔的部分
是的,我不再受制于滂沱的感动和泪水
雨水稍歇,我内心平静
那些逝者的荷花又将轻轻漫过我的脚踝

选自《诗刊》2019 年 1 月下半月刊

天鹅湖

潘红莉

它是画卷剥离的合璧
梦幻沙语的微蓝
领悟的金色,超然
拒绝于风留下的痕迹

天鹅湖,腾格里沙漠
真实的,柴可夫斯基的天鹅湖
神性的世外的湖
时间在这里静止
美凝固,美已经浮于
表层的急促

这芬芳这雪的意义
不解的内在性的存在
这死亡的新生,诞生于从前和现在的美

天鹅湖的塞加尔,茫然的时间
沙海中的明镜,天鹅
它的浅淡,它的是与无

选自《诗刊》2019年6月上半月刊

等风来

燕七

风是好看的
风懂得
怎样让一朵花好看

风知道怎么把樱桃吹红
怎么把一朵花的腰肢吹软

我们一起站在山坡上开花
等风来,把我们吹得清凉又好看

选自《长江文艺》2019年第10期

去人间

燕南飞

如果把月亮这个婴儿哄睡
就可以像婴儿一样,用一夜时光
长到十八岁

还要找到去人间的入口。它唯一趁手的武器
已经在顽石上磨亮

早用脖颈试探过又硬又脆的凉意
鸟有鸟命。挥翅如抽刀断水
去把身体里的残局叫醒

人间真好。
每一种答案都值得浪费

选自《草堂》2019年第2期

河要拐弯

樵夫

水很湍急,河要拐弯
我站在河的右岸,看远山
看山顶的清凉寺,流水拉低山的高度
拉低庙宇的空寂,拉低我的目光

河要拐弯,远山不远
清凉寺不比流水清凉
在幽深处,我听不到钟声
听不到木鱼声,去叫醒一个早晨

河要拐弯,要让尘世
在某处,回头,看到人间的烟火可减去三分
山的高可减去三分
庙宇的空也可减去三分

甚至,我的目光
深入到流水里,也要减去三分
减去三分,世界会在某一时刻
多三分的寂静

选自《诗歌月刊》2019年第7期

红花结莲蓬,白花结藕

霍俊明

北方一场暴雨
我在回程的火车上
母亲打来电话
她好久没主动打电话给我了
她问我在哪儿
我说在火车上
她声调突然高了许多
像年轻时候
她在傍晚扯着燃烧的嗓子
喊我回家

她让我少出差
显然她刚看到了新闻
西南地震,南方台风
是的
此刻我正在暴雨中
她突然说
你堂哥没了
老板给他一百块钱去清理烟囱
雨很大,掉了下来

这时已是黄昏

此刻我没有感受到
车窗外的雨是热的还是冷的

选自《诗潮》2019 年第 1 期

垂直于我的想象

憩园

我在白天坐着的地方坐着
我在夜晚站着的地方站着

房檐边雨声滴落
喜欢的人必须被写成诗

你是中国人、非洲人、美国人
还是阿拉伯人、塑料人
又或不是一个爱撒娇的人

哪怕你是一个弹性的词语
旋转的圆规
亮晶晶
抑或雾蒙蒙的国家

现在，我躺在水泥地上
你可以谁也不是
垂直于我的想象

选自《读诗》2019年第2卷

临 摹

戴潍娜

方丈跟我在木槛上一道坐下
那时西山的梅花正模仿我的模样
我知,方丈是我两万个梦想里
——我最接近的那一个
一些话,我只对身旁的空椅子说

更年轻的时候,梅花忙着向整个礼堂布施情道
天塌下来,找一条搓衣板儿一样的身体
卖力地清洗掉自己的件件罪行
日子被用得很旧很旧,跟人一样旧
冷脆春光里,万物猛烈地使用自己

梅花醒时醉时,分别想念火海与寺庙
方丈不拈花,只干笑
我说再笑!我去教堂里打你小报告
我们于是临摹那从未存在过的字帖
一如戏仿来生。揣摩凋朽的瞬间
不在寺里,不在教堂,在一个恶作剧中
我,向我的一生道歉

选自《诗林》2019 年第 1 期

星空下

霜白

我也在夜空中寻找过那些星辰,
辨认一个个不同的星座。
但我知道它们中
即使看上去最近的两颗
实际上也离得很远。
我想起很多名字。
我想到孤独、虚无,想到灵魂里
那亘古的困苦,常新的哀伤……
苍穹的边缘连接着万家灯火——
啊,这就是我们全部的人间!
我们是如此地热爱这些光亮,
也包括了它们之间的空隙,整个黑暗的夜晚。

选自《诗潮》2019 年第 5 期